悪役令嬢ルートがないなんて、誰が言ったの？

ぷにちゃん

B's-LOG BUNKO
ビーズログ文庫

イラスト／Ｌａｒｕｈａ

Contents

オフィーリア・
ルルーレイク
乙女ゲームの悪役令嬢に転生。
「悪役令嬢でも幸せになる
権利はある！」を合言葉に
破滅エンド回避を目指す。
攻略対象
フェリクス・
フィールズ
優しく誠実な王太子。
オフィーリアの婚約者。
レモンゼリーが大好きな
可愛らしい一面も。
悪役令嬢ルートがないなんて、誰が言ったの？
Characters

攻略対象

クラウス・デラクール

宰相の息子。ファンから「デラックスクールww」と呼ばれるほどクールで知的。

攻略対象

エルヴィン・クレスウェル

伯爵家の三男。お調子者のプレイボーイだが、人懐こい性格。

攻略対象

リアム・フリージア

神官。何事にも無関心だがゲーム人気No.1を誇った超絶美形キャラ。

イオ

庭師の孫。学園の花壇の整備を担当。

ヒロイン

アリシア

特待生として学園に入学した正統派愛されヒロイン。……のはずだけど?

プロローグ　まだ見ぬ夢に愛を

「なぜこんなにも酷《ひど》いことをしたんだ、オフィーリア。……私は婚約者《こんやくしゃ》として、あなたのことが恥《は》ずかしい」

その冷え切った声を聞いて、オフィーリアは世界が崩《くず》れ落《お》ちるような感覚に陥《おちい》った。地についているはずの足はぐらつき、倒《たお》れそうになる。

けれど、彼女《かのじょ》に手を貸す人はいない。

――もちろん、目の前で自分を蔑《さげす》んでいる婚約者も。

「だが、オフィーリア――いや、オフィーリア嬢《じょう》との婚約も今日限りだ。私は、彼女と婚約し、結婚《けっこん》することに決めたんだ」

そう言って、彼《かれ》――フェリクスは隣《となり》にいる令嬢《れいじょう》に優《やさ》しく微笑《ほほえ》んだ。

「アリシア」

「はい……フェリクス様」

宝物を見つめるような瞳《ひとみ》には、今しがたの冷たさは微塵《みじん》も感じられない。

「……公爵《こうしやく》家の娘《むすめ》であるわたくしではなく、その平民と結婚するというのですか？　そのようなことが、許されるはずありませんわ！」

「陛下《へいか》にはすでに許可をいただいている」

「……っ!?」

間髪《かんはつ》を入れず告げられた言葉に、今度こそオフィーリアは本当に膝《ひざ》をついた。自分の視界に、地面だけが映る。

事の発端《ほったん》は、いったいいつまで遡《さかのぼ》れば説明することができるだろうか。

公爵家の娘として生まれたオフィーリアと、この国の王太子であるフェリクスが婚約をした、十歳《さい》のときだろうか。

二人は親同士の決めた、いわゆる政略結婚の婚約だった。

国のためにと結ばれたものだったが、幸いにも二人は仲睦《なかむつ》まじく成長していった。しかし、それも十六歳になり学園に入るまでのこと。

平民出身の特待生が現れて、なんとフェリクスと相思相愛になってしまったのだ。

すっかりフェリクスのことを好きになってしまっていたオフィーリアは、それはもうはらわたが煮《に》えくり返《かえ》るような思いだった。

けれど、フェリクスはこの国の王太子で、オフィーリアは公爵家の娘。未来はもう、二人は結ばれオフィーリアが王妃《おうひ》になると決まっている。

それはどうあがいたって、変えることのできるものではない。

——大丈夫《だいじょうぶ》、きっと一時だけの感情。

そう、自分に言い聞かせて耐《た》えてきた。けれど、王妃教育ばかりで自由を知らないオフィーリアには、あまりにも辛《つら》い現実だった。

二人が楽しそうにしている姿を見ることは、ただただ苦しく。

「フェリクス様、昼食をご一緒《いっしょ》しませんか？」

「ごめん、オフィーリア。今日は先約があるんだ」

「……そうでしたか、残念です」

「今度の夜会の衣装《いしょう》ですが、どのようなデザインに合わせましょう？」

「いつも私と同じでは、オフィーリアが大変だろう？　今回は別々のデザインにしよう」

「……では、次の機会に」

「フェリクス様、十日後の夜会のエスコートなのですが――」

「ああ、すまない。その日は所用があって、迎《むか》えに行くのが難しそうなんだ」

「……………はい」


「明日はフェリクス様のお誕生日ですね。わたくし、一番にお祝いを――」

「オフィーリア、そんなに無理をしなくても大丈夫だ」

「わたくし……無理なんて、」


――していないのに。

こんなやりとりを、いったいどれくらいしただろうか。

自分の婚約者の気持ちが、どんどん違《ちが》う女性に向けられていく。最終的には自分が結婚するのだからと、そう言い聞かせるのも……次第にできなくなっていった。

最初はそう、ほんの出来心だったと思う。

彼女が学園の調理実習でカップケーキを作っているときに、砂糖だと偽《いつわ》り大量の塩を入れてみた。

味見をした彼女がしょっぱさで涙目《なみだめ》になり、少しだけ気分が晴れたような気がした。

彼女が一生懸命《いっしょうけんめい》作ってきたお弁当に、「そんな粗末《そまつ》なものを食べているの？」と言って馬鹿《ばか》にしてもみた。

悔《くや》しそうに表情を歪《ゆが》めた姿を見て、少しだけ優越感《ゆうえつかん》を得た気がした。

彼女が体育の授業を受けている間に、制服を隠《かく》してみた。

予備の制服を持っておらずジャージで授業を受ける姿を見て、やっぱり自分の方がフェリクスに相応《ふさわ》しいと思った。


けれど、そんな満足は一瞬《いっしゅん》だった。

塩味のカップケーキをフェリクスも食べ、「次は一緒に美味《おい》しいのを作ろう」と調理室に仲良く立っていた。

お弁当を作ってくれたお礼だと、フェリクスが高級食材をたくさん彼女に渡《わた》していた。

ジャージ姿の彼女には、自分と揃《そろ》いのデザインのドレスを贈《おく》っていた。もちろん、新しい制服も一緒に。

そんな二人を夜会で見て、いったいどんな気持ちだったか。ほかの令嬢たちに笑われ、どれほど惨《みじ》めだったか。

きっと、彼は想像することも、知ろうとすることもないのだろう。


「ああ、オフィーリアめっちゃ可哀相《かわいそう》すぎる!!」

ゲーム画面を映すテレビが、涙《なみだ》でよく見えない。

「婚約者にこんな冷たい対応されたら、泣くしかないじゃん！」

親――というか、国が決めた婚約だったというのに。どうして王太子のフェリクスはオフィーリアではなくほかの女に手をのばすのか。

それは次期国王として、あまりにも不誠実ではないか。そう思うと、コントローラーを握《にぎ》る手にも力が入る。

「ヒロインをプレイしてフェリクスを攻略《こうりゃく》してる私が言うのもなんだけど……！」

それでも、どうしてもこのゲームの悪役令嬢――オフィーリア・ルルーレイクが可哀相で仕方がない。

どうにかして救いたいと、思ってしまう。

「あ！　運営に、オフィーリア救済ルートを作ってほしいって要望を出そう」

言うだけならタダだ。

エンドロールでオフィーリアの切ない結末が書かれているのを見ながら、プレイしている乙女《おとめ》ゲーム――『Freesia』の運営へ要望を送った。

ぜひ、悪役令嬢ルートを作ってください！　――と。

第一章　いじめられの冤罪事件

鏡に映る自分を眺《なが》めていると、後ろから「完成です！」と嬉《うれ》しそうな声が耳に届いた。

「オフィーリア様、今日もとっても美しいです！」

「……カリンったら、また恥《は》ずかしげもなくそんなことを……」

「だって、事実ですから！　ふふっ、入学式もオフィーリア様が一番目立つこと間違《まちが》いなしですね!!」

鼻息を荒《あら》くする侍女《じじょ》のカリンに、オフィーリアは苦笑《くしょう》する。

カリンが言った通り、今日は学園の入学式。しかしオフィーリアにとっては、戦いの舞《ぶ》台《たい》の幕開けといっても過言ではない。

なぜか？

それは彼女《かのじょ》――オフィーリアが、この乙女《おとめ》ゲーム『Freesia』の悪役令嬢《れいじょう》だからだ。

ことの始まりは九年前まで遡《さかのぼ》る。
そう――オフィーリアがまだ、七歳《さい》のときだ。

食卓《しょくたく》の席。それはそれは嬉しそうな顔で、父親が『私』を見て言った。

「オフィ！　お前とフェリクス王太子殿下《でんか》の婚約《こんやく》が決まった！」

その『フェリクス』という名前を聞いて、オフィーリアは目の前に火花が飛び散ったような、そんな感覚を覚えた。

自分は平凡《へいぼん》な日本人で、そんな大層な名前ではないと。そして同時に、急激に頭痛に襲《おそ》われた。

割れるような痛みに、顔をしかめて頭を抱《かか》える。

「どうしたオフィ、びっくりしすぎて声も出ないか？」

（違《ちが》う……頭が、痛い……っ！）

「あなた、オフィはまだ七歳なんですよ。そんなことを言われても、混乱してしまうわ」

「そうか？　未来は王妃《おうひ》だ、オフィも嬉し――オフィ？」

「……うっ」

オフィーリアが小さく呻《うめ》くと、声を弾《はず》ませていた父と母も様子がおかしいということに気づいたようだ。

慌《あわ》てて駆《か》けよって来てくれたけれど、それで頭痛が治るわけではない。

「大丈夫《だいじょうぶ》か⁉　オフィ！」

「誰《だれ》か！　すぐに医師の手配をしてちょうだい‼」

必死に自分の名前を呼ぶ父と母の声を聞きながら、オフィーリアはあることを思い出したのだ。

――自分の前世が、日本人であることを。

それから高熱にうなされて、すっかりよくなったころには前世のことを思い出していた……というわけだ。

ただ、さすがに強烈《きょうれつ》だったからか……死ぬ間際《まぎわ》の記憶だけは蘇《よみがえ》っていない。

ベッドで茫然《ぼうぜん》としているオフィーリアを、両親はとても心配した。

婚約したばかりのフェリクスも、しばらくは赤色のフリージアを持って毎日お見舞《みま》いに来てくれた。

自分を気遣《きづか》ってくれるフェリクスに、ゲームキャラクターへ向けていた愛とは違う……本当の『好き』という感情が芽生えるのは、あっという間だった。


記憶が蘇ってから不安に思うことも多々あったが、それでもすくすくと成長し、乙女ゲームが始まる年齢《ねんれい》になった。

「入学式……どうにも緊張《きんちょう》してしまうわね」

「あら、オフィーリア様も緊張することがあるんですか？」

小さく深呼吸したオフィーリアに、カリンがくすりと笑う。確かに大抵《たいてい》のことは緊張しないけれど、今日はとても特別な日だ。

「わたくしだって、緊張くらいするわ」


乙女ゲーム大好き人間という前世を持つ、オフィーリア・ルルーレイク。

悪役令嬢で、王太子の婚約者というポジションにいる。

年齢は十六歳。深いコバルトブルーのふわりとした髪《かみ》は腰《こし》までの長さがあり、黒い薔薇《ばら》と白のレースがついたカチューシャはお気に入り。

少し勝ち気な黒みがかった青い瞳《ひとみ》も、今は優《やさ》しく微笑《ほほえ》んでいる。

この後は、乙女ゲームの舞台になる学園の入学式。つまり今日、乙女ゲームが始まるということだ。


オフィーリアの侍女、カリン。

アッシュピンクの髪はサイドで編《あ》み込《こ》みをして、後ろで一つにまとめている。ピンクの瞳が可愛《かわい》らしく、とっても元気な女の子だ。

年齢はオフィーリアの一つ下で、十五歳。


今現在、オフィーリアとカリンがいるのは学園の寮《りょう》の自室。

男女別で、それぞれ同性の使用人を一人連れてくることができる。そのため、メインルームが一つ、寝室《しんしつ》が二つ、簡易キッチンと生活しやすい環境《かんきょう》だ。

「紅茶でも淹《い》れますか？」

「ええ、お願い」

カリンに紅茶を用意してもらい、オフィーリアは入学式までの少しの時間をゆっくりと過ごしているが……頭の中はゲームのことだらけ。

――乙女ゲーム『Freesia』とは。

フリージアの花をモチーフにした乙女ゲームで、『闇夜《やみよ》の蝶《ちょう》』という敵から世界を守りつつ個性豊かな四人の攻略《こうりゃく》対象キャラクターと恋愛《れんあい》を楽しむことができる。

舞台であるフィールズ王国は女神《めがみ》フリージアを信仰《しんこう》しており、国花もフリージア。

攻略対象者と愛を育《はぐく》むうちに、プレイヤーは『フリージアの巫女《みこ》』の力に目覚め、この世界を『闇夜の蝶』から守るというストーリーだ。

ゲーム期間は学園の入学から卒業までの三年間と決められており、卒業式で攻略対象から愛を誓《ちか》われたらハッピーエンド。

（まさか悪役令嬢に転生するとは思わなかったけど……）

カリンがいるのでため息をつくのはこらえて、深呼吸する。

オフィーリアの目標は、幸せになること。

ゲームで理不尽《りふじん》な目にあい、辛《つら》い結末を迎《むか》えていたオフィーリア。

この世界がゲームに忠実なのかはわからないが、自分がオフィーリアになったからには幸せにしてあげたい。なりたい。いや、なってみせる。

だからヒロインをいじめるつもりもないし、もし婚約者であるフェリクスに捨てられそうになっても……毅然《きぜん》とした態度で筋を通してもらうつもりでいる。

つまり断罪イベントではなく通常手続きで婚約を破棄《はき》し、新しい婚約者を見つければいいのだ。

――ただ、フェリクスと結ばれない未来は辛いけれど。


合言葉は、悪役令嬢でも幸せになる権利はある！　だ。


さて、ここで問題になるのはオフィーリアの今後。

ゲームには、四つのルートがある。

攻略対象ごとの、ハッピーエンドルートとバッドエンドルート。

誰とも結ばれない友情ルート。

そして攻略対象全員と結ばれる逆ハーレムルート。

オフィーリアの場合、ヒロインが婚約者であるフェリクスを攻略しようとしなければ、平和に過ごすことができる。

つまりこのまま結婚《けっこん》する、ということ。

しかしヒロインが王太子を攻略しようとした場合、次のような結末になってしまう。

ハッピーエンドルートは、修道院に入って一生を過ごす。

バッドエンドルートは、国外追放。

(死ぬ可能性がないのは、ほっとするわね)

とはいえ、修道院に入って軟禁《なんきん》生活というのもなかなか辛いものがある。乙女ゲームも本も何もない場所で、いったいどんな引きこもり生活をすればいいというのか？

大好きなこの世界の平和を日々祈《いの》るのも、それはそれで楽しいけれど。

しかしそれより、バッドエンドになって国外追放された方がいいと思っている。

ど庶民《しょみん》の前世を持っているのだから、他国で職を探して一人暮らしをするのもそう難しくはないだろう。一人暮らしだって、バッチコイだ。

(――それに、この世界を見て回れるのは楽しそう)

残りの友情ルートと逆ハーレムルートは、特に気にしなくていいと考える。

友情ルートは誰とも結ばれないので、オフィーリアに害が及《およ》ぶことはない。

逆ハーレムルートは、基本的に一夫一妻制のこの国では考えにくい。なので、今は除外しておいていいだろう。

（ヒロインにだって貞操《ていそう》観念はあるでしょうし……）

頭の中を整理しつつ今後のことを考えていたら、緊張もだいぶ和《やわ》らいできた。

カリンの淹れてくれた紅茶を飲みほして、肩《かた》の力を抜《ぬ》く。

「そろそろ入学式の時間ね」

時計を確認《かくにん》して、オフィーリアは立ち上がる。

学園にはヒロインはもちろん、自分を含《ふく》めた攻略対象者がいるだろう。今日、自分の命運が決まると言ってもいいかもしれない。

（……ヒロインと、仲良くできたらいいな）

カリンが念のため制服の乱れはないかチェックし、「バッチリです！」と微笑む。その笑顔《えがお》に、とても勇気づけられる。

「いってくるわ。留守をお願いね、カリン」

「はい。お気をつけていってらっしゃいませ、オフィーリア様。お部屋をもう少し整えておきますね」

「ありがとう」

（よーし、気合を入れますか！）

いざ、入学式へ！


入学式が執《と》り行《おこな》われる講堂に向かうと、「オフィーリア」と自分を呼ぶ声が聞こえた。

見ると、最前列で隣《となり》の席を空け微笑んでいる人物が一人。

「……フェリクス様」

「隣においで、オフィーリア」

「ありがとうございます」


キラキラした優しい笑顔で迎えてくれたのは、この国の王太子であり、オフィーリアの婚約者でもあるフェリクス・フィールズ。

火属性の魔法《まほう》を扱《あつか》い、剣《けん》の腕《うで》にも長《た》けている。

金色の髪と、正義感の強い赤い瞳。白を基調にしたブレザータイプの制服は、何度もゲームのパッケージで見た通りだ。

婚約以降、オフィーリアとは今のところ友好的に接してくれている。

オフィーリアが隣に座《すわ》ると、フェリクスは嬉しそうに口を開く。

「本当は寮まで迎えに行こうかと思ったんだけど……敷地《しきち》内は男子禁制だからね」

さすがに、入学式の日に門の前で待つと目立ってしまうからあきらめたのだと、フェリクスは苦笑する。

「学園生活のときまでエスコートなんて、大変でしょう？　わたくしは大丈夫ですから、お気になさらないでください」

「……そう言われると、なんだか寂《さび》しい気がするな」

しょんぼりしたフェリクスに、オフィーリアも苦笑する。

（わたくしを大切にしてくれる、とっても素敵《すてき》な婚約者様……だけど）

もしもヒロインが攻略対象として彼《かれ》を選んだら、どうなるのだろう？　そんなことばかりが、脳裏《のうり》に浮《う》かぶ。

オフィーリアとフェリクスは、とても仲が良《よ》い。けれどきっと、それはゲームの中でも同じだったはずだ。

今まで婚約者として接してきた印象は、ゲームの設定にもあった通り……凛《りん》として正義感が強く、優しい人。

正直――王族としての責任感の強い彼が、ヒロインを好きになったからといって婚約破棄を選択《せんたく》するとは思えない。

（ああでも、それはオフィーリアがヒロインをいじめたからだ）

ひとまずは、ヒロインと仲良く……とまではいかなくても、平和な関係を築ければいいと思っている場合はどうだろう。

もしかしたら、婚約破棄する理由がなくなってこのまま結婚することができるかもしれない。

そう考えたら、心が少し楽になる。

「どうしたの？」

「え？」

「なんだか難しい顔をしているよ、オフィーリア」

フェリクスに声をかけられて、ハッとする。

今後のことを悩《なや》んでいたのが、顔に出てしまったようだ。こんなに自分を心配してくれる、優しいフェリクス。

（ゲームだと、このフェリクス様にどんどん冷たくされるようになるのよね）

ああ、確かにそれは耐《た》えられそうにないと……ゲームの中にいたオフィーリアに共感してしまう。

この優しくて綺麗《きれい》な人が、本当にあんな冷たい言葉を口にするのだろうか。

もしそのときが来たとして——

（わたくしは、それに耐えられるのかしら）

きっと同じように、崩《くず》れ落《お》ちてどうしたらいいかわからなくなってしまう。それほどに、今のオフィーリアはフェリクスに惹《ひ》かれているから。

オフィーリアがじっとフェリクスの顔を見つめると、フェリクスは不思議そうに微笑みながら首を傾《かし》げた。

「入学式だから、緊張している？」

そう言ったフェリクスに、オフィーリアは微笑んで頷《うなず》く。

「ええ、そうかもしれません。……ここにいる方たちは、将来この国を担《にな》っていく方たちですから」

入学している学生たちは、ほとんどが貴族。もしくは、優秀《ゆうしゅう》な平民。卒業後の進路は王城、または自領地の補佐《ほさ》などだろう。

将来は、王となるフェリクスを支える者たちばかりだ。

（そう考えると、この学園生活がゲーム以上に大事なこともある）

将来、王となったフェリクスの隣にいるのは自分でありたいと、オフィーリアは思わずにはいられなかった。

そろそろ入学式が始まるだろうか――というところで、「お隣いいですか？」と声をかけられた。

フェリクスは角に座っていて、その隣にオフィーリア。つまり、オフィーリアの隣が空いている。

「ええ、もちろんよ。どうぞ――」

笑顔で答えるも、相手を見てオフィーリアはひゅっと息を呑《の》んだ。


――ヒロイン!!


ほわほわした笑顔で、ヒロインはオフィーリアを見る。

「ありがとうございます～！」

「い、いいえ」

（こんなに早くヒロインと遭遇《そうぐう》するなんて……）

しかも、自分の隣に座って来るとは思ってもいなかった。けれど、友達になるチャンスかもしれないとポジティブに考える。

「私はアリシアっていうの。どうぞよろしくね！」

「わたくしは、オフィーリア・ルルーレイクよ。よろしくね」

この乙女ゲームのヒロインである、アリシア。

平民なので、家名はない。魔力《まりょく》が優《すぐ》れているため、特待生として授業料免除《めんじょ》でこの学園への入学が許可された生徒。

ローズピンクの髪をゆるく内巻きのボブにしており、ぱっちりした水色の瞳が可愛らしい女の子だ。

元気いっぱいの様子は、愛されるヒロインそのものだろうか。

光属性の魔法を使うことができ、のちのち『フリージアの巫女』の力に目覚め聖属性魔法も使えるようになる。

オフィーリアの隣に座っているフェリクスも、アリシアに自己紹介《しょうかい》する。

「王太子という立場だが、学園では一生徒だ。気軽に接してくれ」

「はい！　よろしくお願いします、フェリクス様」

アリシアはまるで子犬のような笑顔で、愛想《あいそ》もいい。

「わあ、オフィーリア様のロングヘア、とっても素敵です！　私は短いので、すっごく憧《あこが》れちゃいます」

アリシアがキラキラした目でこちらを見つめてきて、オフィーリアは思わず目を瞬《しばたた》かせる。だってまさか、褒《ほ》められるなんて。

（あれ、もしやめちゃくちゃいい子じゃない？）

「ありがとう。アリシア様も、明るい髪色が可愛いわ」

「えへへ、ありがとうございます！」

ヒロインと悪役令嬢二人、互《たが》いに褒めて微笑み合う。

突然《とつぜん》オフィーリアの隣に来たときは焦《あせ》ったけれど、どうやら仲良くできそうだと思いほっと胸を撫《な》でおろした。

——のも、束《つか》の間《ま》だった。

「あっ！」

アリシアのペンが落ちて、オフィーリアの足元に転がってきた。どうやら、制服の胸ポケットに入れていたようだ。

上の部分にうさぎが付いた可愛らしいもので、女子力が高いなと思いながらオフィーリアが拾う。

「どうぞ、アリシア様」

「ありがとうございます、オフィーリア様！　……あっ」

「？」

嬉しそうにペンを受け取ったアリシアだったが、なぜかすぐに表情が曇《くも》ってしまった。

「どうかしたの？」

オフィーリアが不思議に思いアリシアを見ると、ペンのうさぎの部分が折れてしまっていた。

「酷《ひど》いです、オフィーリア様……。このペン、私のお気に入りなのに……」

「え――」

（あれ？　拾ったときはなんともなかったのに……）

特にうさぎ部分に触《ふ》れたりはしなかったので、自分が何かしてしまった可能性は考えにくい。

（というか、この状況《じょうきょう》だったら普通《ふつう》は落ちたはずみで壊《こわ》れたと思わない？）

なんだか腑《ふ》に落ちないなと思いつつも、ここでヒロインと喧嘩《けんか》をしてもいいことなんて一つもない。けれど、謝《あやま》るのも違う。

「ええと……落ちたはずみで折れてしまったのかもしれないわね」

「……そうですね」

「アリシア様……」

露骨《ろこつ》にしょんぼりしてしまったアリシアに、オフィーリアは焦る。元気いっぱいの愛らしいヒロイン像はいったいどこにいってしまったのか。

どうしようと困っていると、フェリクスが「大丈夫？」と声をかけてくれた。

「ペンが壊れてしまっては不便だろう。私のものでよければ、これを使ってくれ」

そう言って、フェリクスは持ち手が深い赤色でデザインされているペンをアリシアへ差し出した。

アリシアはすぐに表情をほころばせて、とびきりの笑顔をフェリクスに向ける。

「ありがとうございます、フェリクス様！　私、一生大切にします」

「はは、大袈裟《おおげさ》だよ。……ほら、もう入学式が始まる」

自分を挟《はさ》んでの会話に、オフィーリアはばれないように小さくため息をつく。今の二人のやりとりに、もやもやしてしまったからだ。

（借りたわけじゃなくて、貰《もら》ったっていう認識《にんしき》なの？）

いくら学生として身分を気にせず接するようにと言われたとしても、なかなか図々《ずうずう》しいヒロインだ。

（アリシア様と仲良くできるか……不安）

悪役令嬢であるオフィーリアが幸せに過ごせるようにするつもりだったが、なかなかに大変な道のりになりそうだと……そう思ってしまったのも、仕方がないだろう。

オフィーリアたちが通う王立フィールズ学園は、三学期制をとっている。クラスは、A～Eの五つに分けられている。

王族であるフェリクスは、無条件でAクラス。

それ以外の生徒は学力で上から順に振《ふ》り分《わ》けられるが、寄付金の額も考慮《こうりょ》されてクラスが決まる。

オフィーリアはAクラスで、アリシアも特待生なので同じくAクラス。

ちなみに特待生とは、学力や魔力が優れた人に与《あた》えられて、入学金や授業料など、学園にかかる費用が全額免除される。

まあこればかりは、さすがはヒロイン……と、いったところだろうか。


というわけで、入学式を終えたオフィーリアは、フェリクスと一緒《いっしょ》にAクラスへやってきた。流れで、隣にいたアリシアも一緒に。

淡《あわ》いステンドグラスの窓にはレースのカーテンがかかり、木漏《こも》れ日《び》が教室内を明るくしている。

教室の後ろには鍵《かぎ》付きのロッカーがあり、荷物を置くにも不便はない。

机は一人ずつ独立していて、十分な広さが取られているようだ。


「わあ、素敵な教室ですね！」

まっさきに声をあげたのは、アリシアだ。

「私……本当に入学できたんだ。あ、ごめんなさい、私ばっかりはしゃいじゃって。家があまり裕福《ゆうふく》じゃないので、ここに入学するのは夢のまた夢だったんです」

「気にしなくていいわ。わたくしも、入学できて嬉しいもの」

オフィーリアも冷静を装《よそお》ってはいるけれど、プレイしていた乙女ゲームの舞台の教室へ来ることができてドキドキしていたりする。

（楽しみ～！　実は緊張して、昨日の夜はあんまり眠《ねむ》れなかったのよね）

まさかベッドの中でにやにやする顔を抑《おさ》えるのに必死だったなんて、絶対に誰にも言えない。

乙女ゲームが始まる不安はあっても、舞台に来《こ》られるというワクワクまで消えてしまうということはなかった。

「席は自由に決めていいみたいですね。わたくしは……窓際《まどぎわ》にしようかしら？」

オフィーリアが最前列の窓際の席に着くと、その横の席にフェリクスもやってきた。どうやら、隣の席を選んだらしい。

「学園でもよろしくお願いいたします、フェリクス様」

「私こそ。オフィーリアと一緒なら、学園生活も楽しくなりそうだ」

ふわりと微笑むフェリクスにドキドキしていると、「私はここにしますっ！」という声が聞こえてきた。

フェリクスの隣に、アリシアが座った。

（……え、もしかしてもしかしなくても、このヒロインはフェリクス様狙《ねら》い？）

しかしオフィーリアは、それは違うかもしれないと心の中で自分に言い聞かせる。

彼女がフェリクスにばかり話しかけるのは、きっとまだほかの攻略対象者に出逢《であ》っていないからだ。

大丈夫、大丈夫。

まだアリシアが違う攻略対象者を選ぶ可能性は十分ある。

そうすれば、修道院コースも、国外追放コースも味わうことなく、平和に暮らしていけるはずだ。

すると、神の采配《さいはい》だろうか……タイミングよく声をかけてくる人物が現れた。

「ご挨拶《あいさつ》に伺《うかが》いました、フェリクス殿下。本日より三年間、どうぞよろしくお願いいたします」

優雅《ゆうが》に一礼してみせたのは、このゲームの攻略対象者の一人。

クールでファンからの支持が厚い、クラウス・デラクール。

水属性の魔法を扱い、防御《ぼうぎょ》系統に優れている。

アメジストのような紫《むらさき》の瞳に、暗めの青髪。眼鏡《めがね》をかけていて、その雰囲気《ふんいき》は知的そのものだ。

彼はオフィーリアと同じく公爵《こうしゃく》家の令息で、宰相《さいしょう》をしている父親の家督《かとく》を継《つ》ぐ長男。

オフィーリア、フェリクス、アリシア、クラウスの四人が同い年で、今日から学園の一年生だ。

残りの攻略対象者は、二人とも上の学年に在籍している。

「ああ。よろしく頼《たの》む」

フェリクスが挨拶を返すと、クラウスは頷いてオフィーリアへ視線を向けた。

「ご無沙汰《ぶさた》しています、オフィーリア嬢《じょう》」

「お久しぶりです、クラウス様。学園でもよろしくお願いします」

「こちらこそ」

オフィーリアとクラウスは、夜会などで何度か顔を合わせているので初対面ではない。

とはいっても、特別仲が良い……というほどでもない。

会えば挨拶を交《か》わし、多少の雑談をする程度だ。

「そちらは……」

「私はアリシア。特待生として入学しました。よろしくお願いします、クラウス様」

アリシアが一礼すると、クラウスが「君が……」と呟《つぶや》いた。

「光魔法が使え、とても優秀だと聞いています。この学園で勉学に励《はげ》み、ともにこの国を支えられることを楽しみにしています」

「はい！」

クラウスの言葉に、アリシアは笑顔で頷いた。

（特待生の情報を知っていたのね）

さすがは宰相の息子《むすこ》だと、オフィーリアは思う。

ゲームの舞台になる年ということもあって、優秀な人物が多く揃《そろ》っている。かなり大変な学園生活になりそうだ。

「では、私は席に戻《もど》ります。何かありましたら、いつでも声をかけてください」

「わかった。ありがとう、クラウス」

軽く一礼し、クラウスは一番後ろの席へと戻っていった。

もうそろそろ教師が来るだろうかとオフィーリアが時計を見ていると、アリシアが嬉しそうにフェリクスに話しかけた。

「そうだ、フェリクス様！　ペンのお礼がしたいので、一緒にランチをしませんか？　今日は早起きして、気合を入れたお弁当を作ってきたんです」

そこには獲物《えもの》に狙いを定めた目をしたヒロインがいた。

二人のやり取りを見て、オフィーリアはどうしたものかと考える。そして同時に、こういったことの積み重ねにゲームのオフィーリアは傷ついたのだろうと思う。

（普通、婚約者がいる男性をランチに誘《さそ》う？）

大人数ならばまだしも、一対一なんて論外だ。

確かにこれをずっとやられ続け、フェリクスの心がアリシアに向いてしまったら……そう考えると、なんとも切ない気持ちになる。

「手作りのお弁当なんて、すごいね。だけど残念、今日は先約があるんだ。すまない」

「そうでしたか……。なら、また次の機会にでも」

「ああ、ぜひ」

てっきりランチの誘いを受けるとばかり思っていたオフィーリアは、あれ？　と首を傾げる。

そして考える。ゲームはどうだったろうか、と。

（あ、オフィーリアとお弁当を食べてた……）

つまりは、自分だ。

けれど、そんな約束はしていない。

もしかして自分がうっかり忘れているだけか、それともこの後に何かあって一緒にランチをすることになるのだろうか。

気になってフェリクスを見ると、優しそうな笑顔が返ってくるだけで、何か言ってくるわけでもない。


どうなるのか考えていると、教師が来てホームルームが始まった。仕方なく、オフィーリアは担任の説明に集中する。

今日は学園の説明だけで、授業は明日からだ。

（とりあえず、できる限りアリシア様と仲良くして平和に過ごそう）


「オフィーリア、少しいい？」

ホームルームが終わるとすぐ、フェリクスが話しかけてきた。

「はい」

席を立って歩き出すフェリクスについていくと、着いた先は中庭だった。

大きな木が一本あり、そのすぐ脇にベンチが置かれている。周りには花壇《かだん》があって、色とりどりの花を見ることもできる美しい場所だ。

（あ、この中庭……知ってる。ヒロインが悪役令嬢にいじめられるイベントの……って、ゲーム初日に発生するやつだ）

うっかりしていたなと、オフィーリアは額を押《お》さえる。

アリシアと仲良くすることばかり考えていたから、ゲームのシナリオのことはあまり意識していなかった。

確かそう、お弁当を食べているフェリクスとオフィーリアを見つけたヒロインが、自分の手作り弁当を広げて一緒に食べるというイベントだ。

（そのとき、オフィーリアがヒロインのお弁当を見て『まずそう』って言うのよね）

きっと、せっかく二人で食事をしているのに、どうして邪魔《じゃま》をするの？　そんな気持ちがあったのだろう。

（間違ってもそんなことは言わないようにしなきゃ）

でも待って？　その役目をしなければならない自分は、お弁当を用意していない。ということは、イベントなんて発生しないのでは？

と、思っていたら。

「実は早く目が覚めてしまって、初めてお弁当を作ってみたんだ」

そう言ったフェリクスが、お弁当を取り出した。

「わ……」

まさか王太子自らが作って来てくれるとは思わず、ぽかんと口が開いてしまう。

驚《おどろ》いたオフィーリアを見たフェリクスは、「……恥ずかしいくらいに見栄《みば》えはしないけど、味は保証するよ」と照れ笑いを浮かべる。

「なんと、料理長に手伝ってもらったからね」

「見栄えなんて、そんな。フェリクス様の手作りというだけで、とっても嬉しいです」

よくよく思い返すと、夜会やお茶会などで一緒に食事をしたことはあるが、外でお弁当を食べる……のは初めてだ。

フェリクスはハンカチを取り出して、そっとベンチに敷《し》いてくれる。

「どうぞ、オフィーリア」

「ありがとうございます、フェリクス様」

オフィーリアがフェリクスと一緒にベンチに座ると、息を切らしたアリシアがやってきた。

手にはお弁当を持っているので、イベントが始まるのかもしれない。

「はぁ、はぁっ、あら！　お二人ともここでランチだったんですか？」

「ああ、アリシア嬢……」

アリシアはフェリクスの返事を聞くよりも早くベンチに座り、自信満々に自分のお弁当を取り出した。

（強引《ごういん》すぎじゃないっ⁉）

思わずオフィーリアは心の中でツッコミを入れてしまうが、自分がプレイしていたときも攻略対象にはぐいぐいいっていたことを思い出して口を噤《つぐ》む。

（……だって、あれはゲームだったから）

今のように現実ではなく、選択肢《せんたくし》の出てくるゲームだった。

だから何も気にはしていなかったけれど、実際にやると……なかなか迷惑《めいわく》なことかもしれない。

とはいえ、オフィーリアの目標は『平和で幸せな悪役令嬢ライフ』だ。そのためには、ここでアリシアに冷たい態度を取るわけにはいかない。

貴族令嬢の社交スマイルを作る。

「アリシア様もお弁当だったんですね。今日は天気がいいから、外で食べるのは気持ちいいですもの」

「そうですね。オフィーリア様のお弁当は……えと、オフィーリア様は、もしかしてお料理苦手なんですか？　女の子なのに……」

「え……」

「……っ」

言われた言葉に、思わずフリーズしてしまう。隣にいたフェリクスも、思いがけなかったようで一瞬《いっしゅん》言葉を失っていた。

だってまさか、愛らしいヒロインの口から人を下に見るような言葉が出てくるとは考えもしなかったから。

今のアリシアの言葉は、フェリクスの作ったお弁当に対してのもの。

オフィーリアの料理が下手《へた》なことを遠回しに笑ったようだが、残念ながらこれはフェリクスが自ら作ってきたものだ。

(わたくしを貶《おとし》めるのはいい……わけではないけれど、フェリクス様に対する発言としては許しがたい)

フェリクスは、困った表情で微笑んでいる。

ここでこのお弁当がフェリクスのものだと告げて、アリシアに謝罪させることは簡単かもしれない。

けれど、その場合はフェリクスのプライドを傷つけてしまう。

そう思ったら、オフィーリアは口を開いていた。

「あら、アリシア様はそのようなものをフェリクス様に食べさせるつもりでしたの？」

そう言って、くすりと笑う。

「フェリクス様は王太子殿下なのよ？　今日知り合ったばかりのあなたの手料理を、口にするはずがないでしょう？」

　毒でも入れられていたら大変——とも、付け加える。

　それを聞いたアリシアは顔を真《ま》っ赤《か》にして怒《おこ》るのかと思いきや、一瞬だけ口元に弧《こ》を描《えが》いた。しかしそれは本当にわずかな瞬間《しゅんかん》で、きっと気づいたのはオフィーリアだけだっただろう。

　アリシアは眉《まゆ》を下げて、こちらを見る。

「酷いです、オフィーリア様……。私、そんなつもりはこれっぽっちもないのに……」

——ああ、ヒロインの台詞《せりふ》だ。

　そんなことが、脳裏をよぎる。

　けれど、今はお弁当のことを笑われて地味にショックを受けているフェリクスを助けてあげたいと思ってしまった。

　だから、喋《しゃべ》るのを止《や》めるつもりはない。

「フェリクス様の食事はね、料理人の腕がいいだけではなく、栄養面のバランスを考えた食材選びからしているのよ。すべて、品質のいいものを使っているの」

　実際、今日のお弁当に使われている食材も最高級のものだ。ちょっと料理が失敗したとしても、素材の味が生きているから十分に美味《おい》しいだろう。

「アリシア様は庶民ですから、このお弁当の素晴《すば》らしさがわからないのね」

オフィーリアはちょっと焦《こ》げている卵焼きをつまんで、自分の口へ入れる。フェリクスが「あ」と声をあげてこちらを見たが、気にしない。

すこーし焼きすぎなだけであって、別に不味《まず》いわけではないのだ。

「……美味しい。薬草で育てたコケッコーの卵に、丁寧《ていねい》に味付けをして焼いてあるの。でも、それ以上に愛情がたっぷりですもの」

最後の言葉は、アリシアではなくフェリクスに向けて。

自分のことを大切にしてくれている、もしかしたら攻略されて婚約破棄をすることになってしまうかもしれない婚約者。

アリシアはショックを受けた表情を見せてから、「ごめんなさい」と謝罪を口にした。

「私、言い方が悪かったですね……」

「あら、ずいぶんと素直《すなお》なのね。だったら、わたくしに声なんてかけてこないでちょうだい。せっかくフェリクス様と一緒にいたのに」

ヒロインとは仲良くしたいと思っていたけれど、顔を合わせることで仲が悪化していくなら、いっそ関わり合いにならない方がありがたい。

とはいえ、なんとも悪役令嬢のような台詞になってしまった。

(は〜、こんなピリピリした空気にするつもりじゃなかったのに)

　勢いとは怖《こわ》いものだ。

（でも、お弁当のことを言われてフェリクス様が傷つくのは嫌《いや》だったんだもの）

アリシアを見てみると、ゲームのシナリオと同じで、涙《なみだ》ぐんで泣くのを耐えているようだった。

ゲームでは、フェリクスから『大丈夫、泣かないで』とフォローが入るはずだが――さすがに、これでその台詞は出てこないだろう。

　と、思っていたのに。

「大丈夫、泣かないで」

「……っ！」

ゲーム通りに出てきたフェリクスの言葉に、オフィーリアは目を見開いた。ここでフォローするなんて、と。

（いや……フェリクス様は正義感が強いから、泣いている女性を放っておいたりしない）

オフィーリアがため息を押し殺してアリシアを見ると、泣きそうな顔はどこへやら。

「私、泣いていません。ごめんなさい、ありがとうございます！」

フェリクスの言葉に、アリシアはぱっと花開いたような可愛らしい笑顔を見せた。

「そうか？　オフィーリアも悪気があったわけではないんだ」

「はい、わかっております！　私、気にしていませんから」

（もしかして、ゲームのシナリオ通りに進んじゃうの？）

フェリクスはたった今までオフィーリアとアリシアのやり取りを見ていたはずなのに、その視線は自分に向いていない。

「…………」

（別に、悔《くや》しくなんてないもの）

自分は悪役令嬢であって、彼女はヒロイン。

攻略対象者であるフェリクスに声をかけてもらえるのがどちらなんて、ずっと昔から決まっていたのだろう。

ただ、どうあがいてもシナリオ通りに進むらしいことに驚いただけで。

（ゲームはこの後どうなるんだったかな）

ああ、そうだ。

オフィーリアに阻止《そし》され、ヒロインはお弁当をフェリクスに食べてもらえなかった。けれど、デザートに用意していたレモンゼリーがフェリクスの好物で彼の目に留まる……という展開だったはずだ。

案の定、アリシアが持っているバスケットから黄色のゼリーが顔を覗《のぞ》かせている。

フェリクスの視線がレモンゼリーへ向けられたのを見たアリシアが、「そうでした」と声を弾ませる。

「デザートを用意していたんです、よかったらどうぞ。……レモンゼリーは、お好きですか？」

『まあ、嫌《きら》いではないが』

ゲームのフェリクスの台詞がオフィーリアの脳内で再生される。きっとまた、同じことを言うのだろう。

そしてなんだかんだで、ここでレモンゼリーを食べて好感度が上がるのだ。

「ああ、一番好きな食べ物だ」

「「――……!?」」

予想していた返事ではなく、オフィーリアは目を見開く。見ると、アリシアも驚いたようで困惑《こんわく》した表情を浮かべている。

（どうしてアリシア様まで驚いて――あ）

ここでふと、一つの可能性に辿《たど》り着《つ》く。

（もしかして、ヒロインも転生者？）

それだったら、今までの流れが納得《なっとく》できる。

オフィーリアのお弁当を貶《けな》してきたのは、自分のお弁当に嫌みを言われないための先手だったのだろう。

（アリシア様も、自分のことを考えて行動していた？）

自分も転生者であると打ち明けたら、仲良くなることができるだろうか。そんなことが、オフィーリアの脳裏をよぎる。

ただ――正直にフェリクスルート狙いです！ と言われてしまったら、それはそれでくるものがあるのも事実なわけで。

だって自分は、フェリクスを慕《した》っているから。

ゲームのことを思い出した幼少期から、何度かフェリクスを恋愛対象として見ないように努力してみた。

けれど彼はいつも優しくて、甘《あま》い笑《え》みを浮かべてオフィーリアの名前を呼ぶのだ。恋《こい》に落ちるなという方が、無理だ。

（事実確認をするのがこんなに怖いなんて……）

でも、勇気を出さなければ。

しかしオフィーリアは、フェリクスの台詞によって思考停止に追《お》い詰《つ》められてしまった。

「実は私もオフィーリアと食べようと思って、料理長に作ってもらったんだ」

「「へ？」」

そう言ったフェリクスは、ゲームシナリオにない嬉しそうな笑みをオフィーリアへ向けた。

「オフィーリアも、レモンゼリーは好きだろう？」

「え？　ええ、もちろん。フェリクス様とよく一緒に食べましたもの」

フェリクスに招かれた食事の場では、よくレモンゼリーが出てきたのを覚えている。それに、オフィーリアもフェリクスを招待した際はレモンゼリーを用意していた。

（ゲームをプレイしてたころから知ってる、フェリクス様の大好物）

だから最初、レモンゼリーを用意したことをとても驚かれた。なぜ自分の好物を知っているのか？　――と。

そのときの笑顔が可愛くて、きゅんきゅんして、それから欠かさず用意した。

「はい、オフィーリア」

フェリクスはレモンゼリーを一つ手に取り、オフィーリアに渡《わた》してきた。どうやらここで一緒に食べようということらしい。

アリシアはぽかんとしつつも、流れに乗ることにしたようで、自分のレモンゼリーを取り出した。

「レモンゼリーは美味しいですからね！　一緒に食べたら、きっともっと美味しいです」

「そうだね」

フェリクスが肯定《こうてい》したのを合図にするように、みんなでレモンゼリーを食べてその場はお開きとなった。

第二章　攻略対象者たちとの出会い

王立フィールズ学園の本校舎の裏は、あまり人がこない静かな場所。

アベリアを始めとした様々な植物が多く植えられており、そこにひっそり『フリージアの花壇《かだん》』がある。

この花壇はゲームの重要スポットで、ヒロインに対する攻略対象者の好感度を確認《かくにん》することができる。

咲《さ》いたフリージアの花の色が攻略対象者と結び付けられていて、相手の色の花が咲くほど好感度が高い仕組みになっているのだ。

赤色のフリージアの花は、王太子でありオフィーリアの婚約者《こんやくしゃ》でもあるフェリクス・フィールズ。

フェリクスは正義感が強く、一番攻略が簡単なルートだ。

白色のフリージアの花は、神の御子《みこ》と呼ばれている神殿《しんでん》の神官リアム・フリージア。

何事にも無関心なキャラなのだが、綺麗《きれい》なルックスと、攻略したあとの甘《あま》い笑顔《えがお》で人気ナンバーワンのキャラに上り詰めた。
黄色のフリージアの花は、貴族の三男であるエルヴィン・クレスウェル
笑顔の絶えないムードメーカーで、ヒロインを元気づけてくれることが多いのだが……
女好きのプレイボーイキャラだ。
紫色《むらさきいろ》のフリージアの花は、宰相《さいしょう》の子息であるクラウス・デラクール。
眼鏡《めがね》をかけた知的キャラで、クール。取り乱すことのないキャラなのだが、ファンから
デラックスクールwwと呼ばれてしまい気づけば愛されキャラに……。

オフィーリアは、緊張《きんちょう》しつつも校舎裏へとやってきた。

「さてっと、フリージアは咲いてるかな？」

どうかフェリクスの赤色のフリージアは咲いていませんように。そんなことを祈《いの》っては
みたものの、最初に飛び込んできたのは赤色――。

「やっぱり咲いてるんだ」

きっと、あのレモンゼリーで好感度が上がったんだろう。フェリクスは素直《すなお》なので、好
感度を上げるのも簡単だった。

だけど咲いているのは一輪だけなので、まだオフィーリアにも望みはある。

ほかの花はどうだろうと見てみると、開きかけの蕾《つぼみ》がいくつかあった。どうやら、フェ

リクスが他の攻略対象者よりも一歩リードしているらしい。

このままだと国外追放か修道院コースになってしまう。

何かいい策はないだろうかと考えて、ハッとする。

（どうにかして、ヒロインとほかのキャラをくっつけるのはどうかしら）

そうすれば、全員がハッピーエンドだ。

ただ……もしフェリクスがアリシアに恋《こい》をしてしまったら、アリシアがほかの攻略対象キャラクターと結ばれる姿を見ることになってしまう。

つまり、フェリクスだけが不幸になるが――元々婚約者であるオフィーリアがいるし、叶《かな》わぬ恋だと諦《あきら》めてもらうしかない。

そのかわり、そのときは自分が可能な限りの後《うし》ろ盾《だて》になろうと決意する。

（フェリクス様のために公爵《こうしやく》家の権力を使うわ！）

それがヒロインと引《ひ》き離《はな》してしまったときのせめてもの償《つぐな》い……だろうか。そう考え、しんみりしてしまったと首を振《ふ》る。

するとふいに、かさりと葉の揺《ゆ》れる音。

「――こんなところに人がいるとは、驚《おどろ》いた」

花壇の前でしゃがんでいたオフィーリアの背後から、人の声がした。

無機質で、抑揚《よくよう》のない声。

けれどどこか澄《す》んでいて耳心地《ごこち》がいいのは、きっと何度も彼《かれ》の声を聞いていたからだろう。

ごくりと唾《つば》を飲みこんで振り返ると、ゲームの中そのままの姿でそこに立っていた。当たり前なのだが、感動を覚える。

(フェリクス様を初めて見たときだって、息が止まりそうだったもの)

ゲームで人気ナンバー1を誇《ほこ》った、リアム・フリージア。

風属性の魔法《まほう》を扱《あつか》い、治癒《ちゆ》魔法を得意とする。

肩《かた》にかかるプラチナブロンドは一つに結び、前へ流している。たれ目がちのグレーの瞳《ひとみ》は穏《おだ》やかで、思わず見とれてしまいそうになる。

驚いたと口にしたわりに、抑揚のない声と無表情。基本的に何事に対しても無関心だが、接していくうちに心を開き甘やかしてくれる独占欲《どくせんよく》の強い人。

ヒロインだけを見て溺愛《できあい》してくれることと、寂《さび》しい幼少期のエピソード。それが乙女《おとめ》ゲームをプレイしている女性の胸に刺《さ》さり、一番の人気キャラクターになった。

「……学園に早く慣れようと思い、散策していたんです。わたくしは、オフィーリア・ルーレイクと申します」

「そうか」

オフィーリアが淑女《しゆくじよ》の礼で挨拶《あいさつ》をするも、リアムはさらりと流しただけで近くの木陰《こかげ》へと行ってしまった。

どうやら、特に話すことはないということだろう。残念に思うけれど、仕方ない。

しかしはたと気づく。

（これって、ヒロインとリアムの出会いイベントじゃない！）

うっかりしていた。

もしかしてもしかしなくても、アリシアがやってくるかもしれない。

リアムを見ると、木陰で本を開いて読み始めていた。もうこちらのことはまったく眼中にないようだ。

すると、タッタッタと足音が聞こえてきた。

（いけない、隠《かく》れなきゃ！）

咄嗟《とつさ》にほかの木の後ろに隠れることに成功し、オフィーリアはほっと息をつく。やってきたのは、予想していた通りアリシアだ。

「わあ、こんなところに花壇があったんだ」

ああ、確かにそんな台詞《せりふ》があったなぁと、オフィーリアは思い出す。きっと、今からここでヒロインとリアムの出会いイベントが始まるのだろう。

けれど、リアムはアリシアの存在を気にもせず木陰で本を読んでいる。もしかして、集中しすぎてヒロインの存在に気づいていないのかもしれない。

（いっそ、アリシア様がリアム狙《ねら》いだったらいいのに）

そんなことを思っていると、アリシアは花壇の隅《すみ》に置かれていたジョウロを見つけて手に取った。

どうやら、花壇のフリージアに水をやるみたいだ。

すると、さすがのリアムも気づいたらしく顔を上げた。

「驚いた。……今日はよくここで人に会うな」

本を手に持ち、リアムはゆっくりと立ち上がる。どうやら読書はやめて、アリシアと話をするようだ。

「え？　あっ、もしかして……リアム様ですか？」

「……私を知っているのか？」

「リアム様を知らない人なんていません。私はアリシア、一年生です」

ジョウロを花壇の横に置いて、アリシアが優雅《ゆうが》に一礼して見せる。花がほころぶような可愛《かわい》らしい笑顔は、さすがヒロインだ。

「そうか。フリージアに、水をやってくれているのか？」

「はい。私、フリージアの花が大好きで。これからお世話をしようと思うんですが、いいですか？」

アリシアの言葉に、リアムは「構わない」とだけ言葉を返す。

「わあ、よかった！　ありがとうございます、リアム様」

「別に、私の許可が必要なものではない」

「いいんです、私が嬉《うれ》しいんです。そういえば、リアム様のお名前はフリージアですね。フリージアの花はお好きなんですか？」

花壇の赤色のフリージアを見て、アリシアが尋《たず》ねる。

「……別に、花に興味はない」

「そうなんですか」

思いのほか冷たい返事にめげるかと思いきや、アリシアはぱっと笑顔を作った。

「男の人は、花に興味がない人も多いですもんね」

「…………」

しかしなんの反応も示さないリアムに、アリシアは少し困った表情を見せる。けれど、ここでめげないのが彼女《かのじょ》の強いところだ。

「でも、フリージアの花は特別だと思いませんか？　この花を見ていると、女神《めがみ》フリージア様がそばに居てくれるような感じがするんです」

アリシアがそう言うと、フリージアの花がわずかに揺れた。まるで、彼女の言葉に『そうだよ』と肯定《こうてい》するように。

さすがに、それには無関心のリアムも驚いたようだ。少しだけ、彼の意識がアリシアとフリージアへ向けられる。

しかしすぐに首を振り、気のせいだろうと自己解決したようだ。

「えっと……私はここでフリージアの手入れをしていることが多いと思いますので、よかったらまたお話ししてください！」

「……別に、話すことなんて――」

ない。

きっと、そう言おうとしたのだろう。

けれどその瞬間《しゅんかん》、蕾だったフリージアが開き、白色の花を咲かせた。そう、目の前にいるリアムの色だ。

アリシアは小さく拳《こぶし》を握《にぎ》りしめ、こっそりガッツポーズをした。

「――花が咲く瞬間は、初めて見たな」

悪くないと、リアムが言う。

「私も初めて見ました！　とってもとーっても綺麗ですね!!　リアム様の美しい髪色《かみ》によ

く似た、素敵《すてき》な白です」

「……私はもう行く」

「あっ、……はい」

けれど、花が開いたくらいではそこまでリアムの興味は引けなかったようだ。

彼は公式のキャラクター紹介《しょうかい》に『無関心』と書かれていて、心を開くのに一番時間がかかる。

まあ、だからこそ落とし甲斐《がい》があったし、攻略したあとは初対面のときとのギャップが大きくて一気に人気になったともいえるけれど。

リアムの背中を見送ったあと、アリシアも花壇から去った。

その場に残ったのは、木の陰《かげ》に隠れていたオフィーリア一人だけ。

「まさか、白のフリージアが咲くとは思わなかった」

一つ目のフリージアが咲く条件は、攻略対象キャラクターとの出会いと、一定時間を共に過ごしたりプレゼントを贈《おく》ることだったろうか。

（思いのほか、攻略スピードが速そう……）

部屋に戻《もど》って今後の展開を予想した方がいいだろうか。それとも、見守る態勢に入り、口出しはしない方がいいのだろうか。

……とりあえず戻ろう。

そう思いオフィーリアが振り返ると——そこに、リアムが立っていた。

「——っ!?」

驚きすぎて、思わず悲鳴を上げてしまうところだった。咄嗟に手で口を押《お》さえて、ゆっくりと息をはく。

(なんでリアム様がここにいるの!?)

「覗《のぞ》き見《み》とは、なかなかいい趣味《しゅみ》だな」

「あ……」

おっと、ずっと見ていたことがばれていたようだ。

こういうときは、潔《いさぎよ》く謝《あやま》ってしまった方がいい。オフィーリアは腰《こし》を折り、深く頭を下げる。

「申し訳ございません、リアム様。どうしても、その……気になってしまって」

「……何が?」

「え?」

すぐに問われ、オフィーリアは顔を上げた。

無関心のリアムが、そのような質問をしてくるとは思わなかったから。てっきり、アリシアと同じように『もう行く』と言われてしまうと思っていた。

（何が気になったか、ってことよね？）

アリシアとリアムの様子が気になってと、正直に言ってしまっていいのだろうか。でも、そうすると最初から覗き見する気だったということになるわけで……。

どうしようどうしようと、オフィーリアは頭をフル回転させる。そして苦《くる》し紛《まぎ》れに出た言葉は、リアムを呆《あき》れさせるような言葉だった。

「咲くフリージアの色が、気になりまして……」

「色なんて、何色でもいいと思うが――」

そう言いかけて、リアムは言葉を止めてオフィーリアを見た。

「先ほども、このフリージアを見ていたな。ほとんどが小さな蕾で、開花時期だがどれも咲くには数日ほどかかるものばかりだったはずだ」

よくよく考えれば、つい今しがた咲いた白色のフリージアだって、小さな蕾だった。

「おかしな話もあるものだ」

まるで、今日フリージアが咲くことを知っていたようだと、リアムが言う。

「………」

鋭《するど》いリアムの言葉に、背筋が冷える。

ここに咲いているフリージアは、ヒロインと攻略対象キャラクターの好感度により成長する。

だから、フェリクスの赤色のフリージアが咲いたし、今しがたヒロインに急接近したリアムの白色の花が咲いた。

従来の植物のありかたには、当てはまらない。

とはいえ、フリージアが咲く理由を正直に言うわけにもいかない。だって、この世界はゲームなんです！　なんて言われて、誰《だれ》が信じるだろうか。

(それに、自分がゲームの登場人物だと知って……いい気はしないだろうし)

オフィーリアは静かに微笑《ほほえ》んで、首を振る。

「フリージアが咲く瞬間をご存じなのは、女神フリージア様くらいではありませんか？」

実際、オフィーリアも好感度によって花が咲くことは知っているが、それがいつかという正確なタイミングまではわからない。

「……それもそうか」

オフィーリアの言葉に納得《なっとく》したからか、リアムはくるりと背を向けた。どうやら、この話題はもうどうでもよくなってしまったようだ。

(さすがは無関心キャラ……)

リアムの背中を見送って、オフィーリアも寮《りょう》の部屋へ戻った。

くたくたになって寮の自室に戻ると、笑顔のカリンが「おかえりなさいませ」と迎《むか》えてくれた。

「紅茶をご用意いたしますね」

「ええ、ありがとう」

鞄《かばん》を置いてソファに座《すわ》り、オフィーリアは一息つく。その疲《つか》れた様子を見て、カリンは心配そうにしている。

「入学式はいかがでしたか？」

「さすがに疲れたわね」

ヒロインとは、おそらく仲良くすることは無理だろう。

（間違《まちが》いなく転生者だし……）

きっと、悪役令嬢《れいじょう》のオフィーリアは警戒《けいかい》されているはずだ。

そして、ばんばん先手を打たれているようにも思う。

フェリクスを狙っているような感じがしたし……これは本格的に自分の今後を考えなければならない。

「お疲れ様です」

オフィーリアを労《ねぎら》いながら、カリンが紅茶とマドレーヌを用意してくれた。温かな湯気を見ていると、なんだか疲れが癒《いや》される。

「今日は念入りにマッサージもさせていただきますねっ！　バスタブに薔薇《ばら》を浮《う》かべるのもいいかもしれませんね」

カリンは楽しそうに、「そうしましょう！」と手を叩《たた》く。どうやら薔薇風呂《ぶろ》になるのは、彼女の中で決定事項《じこう》のようだ。

「ここで薔薇風呂なんて、大変じゃない」

屋敷《やしき》であれば、ほかのメイドに手伝ってもらうこともできるが……ここにいるのは、侍《じ》女《じょ》のカリン一人だけ。

「いいんです。わたくしは大好きなオフィーリア様に、ゆっくりしていただけることが一番嬉しいんですから」

「カリン……」

侍女の気遣《きづか》いに、オフィーリアはうるっとする。

ゲームに無関係なカリンは、ずっと自分の味方でいてくれるだろう。そう考えると、どんどん気持ちは楽になっていく。

カリンに甘えて、今日はゆっくりお風呂につかってマッサージをしてもらおう。そうすれば、きっと気持ちよく眠《ねむ》れるはずだ。

この世界は日本の乙女ゲームということもあり、学園の授業は高等学校と同じような教科になっている。

数学や国語といったものから、家庭科や体育まで。ゲーム独特のものといえば、魔法の授業があるくらいだろうか。

実は……オフィーリアはこの魔法の授業があまり得意ではないのだ。

水の魔力《まりよく》の適性はあるのだが、できることはコップ一杯《ぱい》の水を出すことくらい。間違っても、防御《ぼうぎよ》結界や攻撃《こうげき》魔法の使い手として活躍《かつやく》するレベルではない。

要するに、魔法の才能がないのだ。

――しかしそれは、表向きの理由。

本当の理由は、オフィーリアの適性が水ではなく『闇《やみ》』だからだ。なんとも悪役令嬢にぴったりな属性だ。

しかし、オフィーリアは闇の力を使うつもりはまったくない。

才能ある闇属性の人間は、世界を滅《ほろ》ぼそうとしている闇夜《やみよ》の蝶《ちょう》と意思疎通《そつう》ができるとされているからだ。

ゆえに闇属性はタブー扱いされていて、使える人間はほとんどいないはずだ。いたとしても、隠しているだろう。

そんな属性を自分が持っているなんて、とんでもない。

「私が望むのは、平穏《へいおん》だもの」

それを脅《おびや》かす闇属性なんて、必要ない。


「本日は魔法の授業の初回ですから、みなさんの実力を見せていただきます」

教師の声が耳に届き、オフィーリアはため息をつきたくなる。

（絶対に注目されるだろうな……）

もちろん、悪い意味で。

学園の敷地《しきち》の奥《おく》にある魔法練習場で、生徒は全員ローブに身を包んでいる。ちなみに、体育のときはジャージに着替《きが》える。

ファンタジーと現代が混ざったようだけれど、最近のゲームは衣装《いしょう》の幅《はば》が広くそれも

「まずはおさらいをいたしましょう。魔力は、その量に差こそあれ……生まれてくるすべての人が持っています」

ただ、傾向《けいこう》として貴族に魔力量のある人が多い。平民になるとその量が減り、魔力を魔法とし使える人は少ない。

珍《めずら》しいことではない。

属性には、火、水、風、土、光、闇、聖の七つがある。

ほとんどの人が四大元素の属性を持っているが、稀《まれ》に光属性を持つ者が現れる。そう、ヒロインだ。

さらにゲームを進めて行くと、フリージアの巫女《みこ》となり聖属性も使えるようになる。

「それじゃあ、一人ずつ前に出て魔法を使ってみましょう！」

教師がそう言うと、生徒は順番に前に出て魔法を披露《ひろう》した。

一番手のフェリクスは火の魔法を使い、先生から絶賛された。クラウスは水の魔法を使い、繊細《せんさい》な魔法操作能力を見せて教師を感心させた。

……オフィーリアは、「もう少し頑張《がんば》った方がいいかもしれないわね」と苦笑《くしょう》されてしまった。コップ一杯に水を入れて見せただけなので、仕方がない。

それから順番に魔法の披露が行われ、最後の生徒の番になって大きな歓声《かんせい》が沸《わ》き起《お》こった。

「聞いてはいたけれど……アリシアさんは本当に光属性を扱えるのね。そうお目にかかれるものではないのよ。すごいわ。きっと、女神フリージアに愛されているのでしょうね」

歓声の中心にいたのは、もちろんアリシアだ。

教師は褒《ほ》めたたえ、その瞳にはうっすらと涙《なみだ》を浮かべているほどだ。

「光属性は、闇夜の蝶への効果も高いといいます。アリシアさんは学園期待の星ですね」

「そんな……大袈裟《おおげさ》ですよ、先生。……でも、この国のために頑張ります！」

アリシアはみんなの前で、女神のような微笑みを浮かべていた――。


教師にもう少し頑張りましょうと言われてしまったので、オフィーリアは自主練習をするために放課後の魔法練習場へとやってきた。

申請《しんせい》すれば誰でも使うことができ、ほかにも自習している生徒が何人かいるようだ。

「よーし、頑張ろう！」

「オフィーリア嬢《じょう》？」

「え？」

やるぞ！　というところで、ふいに声をかけられた。振り向くと、そこにはゲームの攻略対象キャラクターの姿が。

「自習？　何かわからないところがあるなら、教えようか？」

そう言ってウインクをしたのは、エルヴィン・クレスウェル。

土属性の魔法を扱い、剣《けん》で攻撃し魔法で防御を展開する戦闘《せんとう》スタイルが得意。外ハネのオレンジがかった茶色の髪に、オレンジの瞳。いつも笑顔でいるため、話しかけやすい人物だ。

伯爵《はくしゃく》家の令息なのだが、プレイボーイなのでどうにも上からの評価はよろしくない。

どうやらエルヴィンは、善意で魔法を教えてくれるみたいだ。

「困った女の子を放っておくなんて、そんな酷《ひど》いことはできないからね」

……まあ、若干《じゃっかん》邪《よこしま》な善意ではあるが。

（でも、わたくし一人では上達がなかなか見込めないのも事実……。それに、メインキャラクターとはいい関係を築いておきたい）

「お願いしようかしら」

「もちろん、任せてよ」

再びウインクして、エルヴィンは「何をやる予定だった？」と聞いてくる。

「……恥《は》ずかしくはあるのですが、わたくしは魔法が得意ではなくて。基礎《きそ》の復習と、予習がメインですね」

「なるほど、了解《りょうかい》！　それなら、魔法で水をどれくらい出せるか把握《はあく》しておこうか」

テスト対策にもいいしねと、エルヴィンは一年のときにやったと言いながらやり方の説明をしてくれる。

「水を出すには、手に魔力を集中させるんだ。できる？」

そう言って、エルヴィンが自然にオフィーリアの手を取る。

（すごい、手慣れているわ）

この手際《てぎわ》のよさと甘い言葉に、女の子たちはメロメロになってしまうのだ。

エルヴィンの手がじんわり熱くなり、魔力が集まっているのだということをオフィーリアも感じることができた。

これなら、いつもより上手《うま》く魔法を使うことができるかもしれない。そう思ったのだが、自分を呼ぶ声に手が止まる。

「オフィーリア！」

「え？　フェリクス様」

入口に目をやると、フェリクスがこちらに向かって歩いてきていた。その表情は難しそうで、じっと自分――というよりも、エルヴィンを見ている。

「おっと」

エルヴィンは軽く手を上げて、「あははは」と笑う。

「別にフェリクス殿下《でんか》の婚約者を口説《くど》いていたわけじゃないですよ？　魔法を教えていただけで」

他意はないのだと、エルヴィンが言う。

「……それくらい、わかっている。私の心が狭《せま》いだけだ」

「フェリクス様？」

オフィーリアが名前を呼ぶと、フェリクスは嬉しそうに微笑んだ。

「私が魔法の練習に付き合うよ。構わない？」

「いいんですか？　お忙《いそが》しいのに……」

王太子という立場があるので、フェリクスはとても忙しい。貴重な時間を自分の自習に付き合わせてしまっていいのだろうかと心配する。

（フェリクス様は魔法の腕《うで》もすごいのよね）

「もちろん、いいに決まっている。……すまないね、エルヴィン」

「いいえ。俺《おれ》は向こうで自分の練習をしていますから」

そう言って、エルヴィンはもう一度ウインクして去っていった。

エルヴィン様のスチルはウインクが多かったな……そんなことを、オフィーリアは思い出した。

「それじゃあ、始めようか」

「はい！　よろしくお願いします」

「まずは授業の復習からね」

この後、数時間ほどフェリクスに魔法の練習に付き合ってもらった。


数時間の自習を終えて外に出ると、日が落ちて暗くなっていた。空を見上げると、厚い雲におおわれ星はあまり見えない。

（こういう日は、闇夜の蝶が出やすくなるのよね）

闇夜の蝶とは、この世界に巣くう〝よくないもの〟だ。

三十センチほどの大きさで、人形《ひとがた》に蝶の羽が生えている妖精《ようせい》のような姿。

黒い髪と瞳を持ち、周囲は黒いもやのような、魔力漏《も》れが起きている。これに触《ふ》れると心を蝕《むしば》まれ、精神をやられてしまう。

ゲームなどでいうところの、モンスターの立ち位置にいる。ときおり現れ人間を襲《おそ》い、家畜《かちく》や建物に被害《ひがい》が出ることもある。

一匹《びき》だけなら問題はないが、数が集まると合体して上位種になる。そうなると脅威《きょうい》が段《だん》違《ちが》いに大きくなり、小さな村であれば滅ぼされてしまうこともあるほどだ。

それを退治し、世界を救うのがヒロイン——つまりアリシアと、メインキャラクターたちだ。

ラストに出てくる闇夜の蝶は世界を呑《の》み込《こ》むことができるほど大きくなっていて、それをヒロインがフリージアの巫女の力を使い倒《たお》す。

そしてハッピーエンド、だ。

魔法が使えれば闇夜の蝶と対峙《たいじ》することは可能だが、オフィーリアでは戦って倒すことはできない。

——なんてことを考えてしまったから、フラグが立ってしまったのだろうか。

『きゃきゃきゃっ！』

「……っ！」

目の前に、闇夜の蝶が現れた。

『人間がいるわ！』

耳に障《さわ》る鳴き声――ではなく、はっきりとした『言葉』がオフィーリアには理解できた。

（闇属性を持つ人間が闇夜の蝶と意思疎通できるというのは、本当だったんだ……！）

この声を聞けるのは、闇属性を持つオフィーリアだけなので、フェリクスには最初と同じような『きゃきゃきゃ』という鳴き声が聞こえているはずだ。

今まで直接対面したことがなかったので、知識では知りえていたが本当に闇夜の蝶と意思疎通ができるかは半信半疑だった。

ゲームでは何度も見たが、転生してからは見たことがなかった。

闇夜の蝶は基本的に夜に出現することと、王都は騎士《きし》が見回りしているので貴族の令嬢が出遭《であ》うような機会はないのだ。

それに、出現数だって少ない。

（でも、これからは闇夜の蝶の数がぐっと増える）

理由は、今年が千年に一度の闇の力が強くなる周期だから……と、ゲームでは説明されていた。

ゆえに、闇夜の蝶がたくさん生まれる。

フリージアの巫女の力を感じ取った闇夜の蝶たちが、ヒロインに襲いかかるのだ。

恋愛《れんあい》を進めながら闇夜の蝶も倒すという、学園ライフを過ごすことになる。けれど、一《いっ》緒《しょ》に戦うことによって愛の力は深まっていく。

『滅ぼしてヤル！』

オフィーリアが動くよりも早く、フェリクスが庇《かば》いながら一歩前へ出る。瞬時《しゅんじ》に魔法を展開し、複数の炎《ほのお》が現れた。

「大丈夫《だいじょうぶ》。オフィーリアのことは私が守るから、安心して」

「……はい」

返事をした声は、自分で思っていた以上に震《ふる》えていた。けれど、フェリクスと一緒にいるということが、何よりも心強い。

『きゃきゃっ！』

「炎よ、敵を撃《う》て！【炎の剣】」

フェリクスの力強い言葉に、炎が剣の形に姿を変える。そしてそのまま一直線に闇夜の蝶へ放たれ、貫《つらぬ》いた。

その一撃《いちげき》で、闇夜の蝶は黒い砂になり消滅《しょうめつ》した。

「……っ、すごい」

「オフィーリアに怪我《けが》がなくてよかった」

怖《こわ》くなかった？　と、フェリクスは震えていたオフィーリアの手を取る。

「もう大丈夫」

「ありがとうございます。確かに驚きましたが、フェリクス様が一緒でしたので……その、絶対に守ってもらえると……そう思ってしまって」

「…………」

オフィーリアの言葉を聞いたフェリクスは、思わず言葉をなくして口元を手で押さえた。こんなにも絶対的な信頼《しんらい》をよせられて、嬉しくないわけがないのだ。

「……うん。これからもオフィーリアは私が守るから、ちゃんと側《そば》にいて」

「側に……います」

二人ともに、心臓の音がいつもより早くなる。

守られ、信頼されという関係が、こんなにもドキドキするものだったなんて。不謹慎《ふきんしん》だけれど、闇夜の蝶も悪くない……そんな風に思ってしまった。


オフィーリアはできるだけ平和に学園生活を送りたかったのだが、アリシアがフェリクスに話しかけてくるたび……近くにいるので巻《ま》き込《こ》まれてしまう。

(でも、それだけじゃなくて)

アリシアとほかの攻略対象のキャラクターが一緒にいるところもよく見かけるのだ。どちらかというと、アリシアが積極的に話しかけにいっているように思う。

ついついオフィーリアも気になって、最近はアリシアを目で追ってしまうことが多くなっていた。


「オフィーリア、次は移動教室だよ」

「あ、そうでしたわね。ありがとうございます、フェリクス様」

ゲームのことを考えていたので、時間割のことがすっかり頭から抜《ぬ》けていた。次の時間は音楽の授業だ。

今いる本館から、渡《わた》り廊下《ろうか》を通って別館へ行く必要がある。

教室を見回すと、ほかの生徒たちはもう移動したようで、オフィーリアとフェリクスの二人だけしかいなかった。

急いで教科書を準備して、席を立つ。

「まだ時間はあるから、慌《あわ》てなくて大丈夫」

くすりと笑って、フェリクスが手を差《さ》し伸《の》べてくれた。

「それじゃあ行こうか」

「はい」

教室を出て渡り廊下に差しかかると、中庭に見知った人影《ひとかげ》が二つ。膝《ひざ》に本を載《の》せて木陰に座っているリアムと、話しかけているアリシアだ。

見ると、リアムは無関心を貫いているようで、アリシアの声には反応していない。

（リアム様を攻略するつもりなのかしら）

もしそうなら、オフィーリアはこのままフェリクスと結婚《けっこん》することができるので安泰《あんたい》だ。

そう思いながらこっそり見ていると、ふいにリアムと目が合ってしまった。慌てて逸《そ》らしたが、気づかれているだろう。

（でも、リアム様がわたくしに関心を持つとは思えない）

そう思ってもう一度見ると、リアムがこちらをじっと見つめていた。

アリシアはリアムの興味を引くため話すことに夢中で、その視線の変化には気づいていないようだ。

（なんでわたくしを見てるの⁉）

今度こそ顔を背《そむ》け、オフィーリアは前を見る。

もしもアリシアがリアムルートに入る予定なら、自分は一ミリも関わり合いになってはいけない。

何かあって、リアムに興味を持たれてしまっては困るからだ。

「オフィーリア、どうしたの？」

焦《あせ》っていたら、今度はフェリクスが「ん？」とオフィーリアを見た。そしてその肩越《かたご》し、アリシアとリアムに気づく。

「あれは……リアム神官とアリシア嬢？　二人は知り合いだったのか」

「……そのようですわね」

「授業に遅《おく》れてしまうといけないから、声をかけてこようか」

そう言って、フェリクスが手を上げてアリシアを呼んだ。

（あああ〜〜！）

できればこのままスルーしたかったが、フェリクスの真面目《まじめ》さの前には無理な話だ。授業に遅刻《ちこく》してしまうかもしれないのに、無視することはできないだろう。

「あ、フェリクス様！　それと、オフィーリア様も」

嬉しそうなアリシアに、フェリクスは笑《え》みを返す。

「そろそろ移動しないと、授業に遅れてしまうよ。リアム神官も、教室に戻られた方がいいですよ」

「……そのようだ。私はこれで失礼する」

「ええ」

リアムはまるで読書タイムを邪魔《じゃま》されたと言わんばかりの表情で、軽くため息をついて立ち去ってしまった。

「迎えに来てくださってありがとうございます、フェリクス様！　おかげで授業に遅れなくてすみそうです」

「いや、偶然《ぐうぜん》通りかかったんだ。声をかけられてよかったよ。そろそろ行かないと、先生に迷惑《めいわく》をかけてしまう」

そう言って、フェリクスは歩き出した。

そして音楽の時間。

のびやかに歌うアリシアの声は先生から絶賛され、クラス中から賞賛の拍手《はくしゅ》が起こった。

それはフェリクスも同じで、耳に心地よいテノールが聞こえてくる。

対するオフィーリアはといえば、どうにも歌はそんなに得意ではない。可能ならば、口パクでやり過ごしたいくらいだ。

「まあ、フェリクス殿下とアリシア様はとても歌がお上手《じょうず》ね。新年のパーティーで、ぜひ歌っていただきたいものだわ」

「そんな、私なんて……でも、とっても嬉しいです」

先生の言葉に、アリシアが嬉しそうに微笑む。

新年のパーティーとは、いわゆる正月休み明けの最初の登校日だ。

その日は授業がなく、今年一年も女神フリージアの加護がありますようにと、新年を祝うパーティーが開かれる。

もちろんゲームのイベントも発生する。

ヒロインと好感度の高い攻略対象キャラクターが代表として歌を披露するというものだ。

ゲームでこのイベントを行うと、『お似合いの二人ね』と少しずつ周囲からも認められるような意見が出てくる。

（歌が下手《へた》なわたくしには、縁《えん》のないイベントね……）

フェリクスが席に戻ってきたので、オフィーリアは「とても素敵でした」と感想を告げる。

「ありがとう、オフィーリア」

礼を言うフェリクスは、嬉しそうだ。

そこへぐいぐいくるのが、やっぱりアリシアなわけで。フェリクスの下へ、アリシアがやってきた。

「フェリクス様の歌、とってもお上手でした！　私、新年パーティーで一緒に歌えるかもしれないと聞いて……今からとても楽しみで仕方ないです」

「もし代表に選ばれたら、それはとても光栄なことだね」

「はいっ！」

今から頑張りますと、アリシアは意気込《いきご》んでいる。

シナリオ通りにゲームが順調に進めば、その役目はアリシアになるだろう。

となると、オフィーリアは新年パーティーで二人が歌うところを見る羽目になる。胸の辺りがもやっとするけれど……こればかりは仕方がない。

するとアリシアが無邪気《むじゃき》な笑顔を見せた。

「オフィーリア様は、代表を目指したりはしないんですか？」

「え、わたくし……ですか？」

「はい！　私のような平民とは違って、公爵家のご令嬢ですもの。さぞかし歌がお上手なんだろうなぁ……って」

アリシアはまったく悪気がないかのようにニコニコしているが、つい先ほどオフィーリアの歌声を聞いたはずだ。

(下手だとわかったうえで言ってきてる……)

なんて返事をするのがいいだろうか。

歌は聴《き》くものであるから別段教師はつけなかったし、オフィーリアも重要だとは思わなかった。なんて言ってしまったら……歌の上手いフェリクスを貶《けな》しかねないので却下《きゃっか》だ。

かといって、自分は下手だからと……平民のアリシア相手に自分を下に見せるような振《ふ》る舞《ま》いも公爵家の娘《むすめ》としてあってはいけない。

どうするのが一番いいだろうか。下手なことを言って、アリシアとの関係を悪化させたくはない。

悩《なや》んでいると、隣《となり》にいたフェリクスがふわりとした笑みを浮かべた。

「私はオフィーリアの歌声、好きだよ」

「――!!」

火花が飛ぶ二人の間に、ぽんと投げ入れられたフェリクスの言葉。

「あ、ありがとうございます……フェリクス様」

「ずっと聴いていたいくらいだ」

「さすがにそれは大袈裟ですわ」

はにかむように微笑むオフィーリアの視界の端《はし》で、アリシアが悔《くや》しそうに唇《くちびる》を噛《か》みしめていたのは、見ないふりをした。

しかし後日、新年パーティーで歌を披露する代表者は、フェリクスとアリシアに決まったという通達があった。

闇夜の蝶が出てから一ヶ月、それ以降一度も見かけることなく平和に過ごしていた。……が、オフィーリアはアリシアの様子が気になって仕方がない。

最初はフェリクスルートを狙っているのかと思っていたが、どうやら四人全員と積極的に交流をしているようだ。

時間を作り定期的に花壇を見にいっているが、しばらくは毎日通った方がいいだろう。

今日の予定を思い出し、オフィーリアは頭の中でスケジュールを組んだ。

「オフィーリア様、朝食のご用意ができましたよ～」

「ありがとう、カリン」

オフィーリアは眠い目を擦《こす》りながら、席に着く。乙女ゲームのことを考えてばかりいるので、どうにも寝《ね》るのが遅《おそ》くなってしまうのだ。

今後の展開はどうなるのだろうとか、アリシアはどうするつもりだろうとか。そして、闇夜の蝶が増えたら被害が出てしまうのではないか……とか。

（心配事が多すぎるわ）

憂《うれ》いを帯びるような表情のオフィーリアの前に、朝食が並んでいく。

カリカリに焼かれたベーコンとソーセージ、ふわふわとろとろのスクランブルエッグ。色とりどりの野菜を使ったサラダに、柔《やわ》らかい白パンとレーズンパン。

それらを美味《おい》しくいただくと、ちょうど登校時間になった。

オフィーリアが部屋を出ようとすると、心配そうなカリンと目が合う。

「カリン？」

「その……最近、オフィーリア様がお辛《つら》そうで……」

何かあったのだろうかと思い声をかけたが、自分のことを心配してくれていたようだ。

確かに寝不足《ねぶそく》で隈《くま》ができてしまっていたし、世話をしてくれているカリンには丸わかりだったろう。

「ありがとう、カリン。学園生活に、ちょっと緊張しちゃったみたい」

「……でしたら、気晴らしに図書館へ足を運んでみるのはいかがでしょう？　蔵書が揃《そろ》っていると聞きましたよ」

学園の図書館は規模が大きく、王立図書館に次ぐほどだということはオフィーリアも耳にしたことがある。

（そういえば、最近は読書もほとんどしてなかったわね……）

「放課後、図書館に寄ってみるわ。ありがとう、カリン」

「はい！　きっと、オフィーリア様のお好きな本が見つかると思いますよ！」

「ええ」

せっかくなので、恋愛小説を探してみよう。

息抜《いきぬ》きのために本を探すのだから、小難しいものはなしだ。

「いってらっしゃいませ、オフィーリア様」

「いってくるわ」


放課後になり、さっそく図書館へやって来た。

学園の図書館は、本校舎から少し離れた静かな場所にある。

入口の前には噴水《ふんすい》が設置してあり、水の音が心を落ち着かせてくれる。

一階には、歴史書や授業で習う範囲《はんい》の勉強ができる本が置かれている。

二階には、恋愛小説を始めとした娯楽《ごらく》関係と、専門的な勉強関連の本が置かれている。

利用者の多い図書館だが、人影はそう多くはない。ほとんどの人が、貸し出しを利用して自室で読むからだ。

オフィーリアが中に入ると、人はまばらだった。

「落ち着いて読書ができるわね」

目的の恋愛小説を読むため、二階へ向かう。

すると、ずらっとたくさんの恋愛小説が本棚《ほんだな》に並んでいた。

「わ、すごい……読んだことのない本がたくさん！」

屋敷の書斎《しょさい》にもない本が多く、どのタイトルも面白《おもしろ》そうで迷ってしまう。

（疲れているから、何も考えずに読める明るい話がいいかなぁ……）

そう思いながら、一冊の本を手に取る。

「これにしよう」

あらすじを読んだら、相思相愛の幼馴染《おさななじ》みの話だった。

街で起こる事件を解決して、二人が絆《きずな》を深めていく。きっと、最後は告白してプロポーズ、ハッピーエンドだろう。

ゆっくり読みたいので、オフィーリアは人が来なさそうな奥の席へ行くことにした。

「……あ」

しかし奥の席には、先客がいた。

難しい本を読むのに疲れたらしく、眠ってしまったアリシア。

そしてそんな彼女に肩を貸している男──攻略対象キャラクターの、クラウスだ。

あ～そういえばここはクラウスのお気に入りの場所だった！　と、オフィーリアは天を仰《あお》ぎたい気持ちになる。

どうしてリラックスしに来た先で、心労の原因となる乙女ゲーム関係者──アリシアに会わなければならないのだろうか。

（このまま見なかったことにしてUターンしたい）

……のだけれど、クラウスと目が合ってしまったのでそうもいかない。仕方なく、挨拶をするため前に出る。

「ごきげんよう、クラウス様」

「オフィーリア嬢か。ここで会うなんて、珍しいな」

どうやらクラウスは専門分野の勉強をしているようで、机の上にたくさんの本が置かれていた。

（さすがね……）

学園の授業では習わない難しい内容で、オフィーリアには理解できそうにない。

王妃《おうひ》教育は嫌《いや》というほどされたが、政治に関してはやはり男性がメインに行っているためあまり詳《くわ》しく習ってはいない。

挨拶だけして立ち去る予定だったオフィーリアだが、クラウスが積んでいる本の中に、前々から読みたいと思っていたものを発見してしまった。

それは、水の安全性に関する本。

オフィーリアの家のルーレイク領には大きな湖があり、水が豊富な地域だ。そのため、水質などには興味があった。

どこの水が美味しいのか、この水は安全なのか？　など、領民の安全や水が生みだす収入に関することなので自然と触れる機会が多くなった分野。

その中でも、丁寧《ていねい》に詳しく、さらに実例をいくつも交えて書かれている本なのだ。

（読みたい……）

けれど、クラウスが勉強に使っているのかもしれない。

そう考えると読みたいとは言い出しづらいし、はしたないかもしれない。今日はあきらめて、また後日にするのがいいだろう。

けれど、クラウスはオフィーリアの視線に気づいてしまったようだ。

「いったい何を……ああ、この本を見ているのか？」

「あ……ごめんなさい。前々から読みたいと思っていた本だったので、つい。探しても見つからなかったんですが、まさか学園の図書館にあったたなんて」

「確かにこの本は珍しいな」

そう言って、クラウスが本を差し出してきた。

「私はもう読んだので、どうぞ」

「わ、ありがとうございます！」

（クラウス様いい人！）

どうにか冷静を保っていたオフィーリアだったが、本を手にするととても嬉しそうな笑顔になる。

それを見たクラウスは、目を見開いた。

「……そんなに読みたかったのか」

クラウスは口元を押さえて小さく笑う。

普段《ふだん》は社交的な笑みを浮かべるオフィーリアしか見ていなかったので、本を見つけて喜ぶオフィーリアが新鮮《しんせん》に映ったのだろう。

「ルルーレイク領は水が豊富ですから、どうしてもこの手の分野は興味を持ってしまうの。だって、領を豊かにしたいのはどの貴族も同じでしょう？」

「そうだな。思ったよりも難しい本を読もうとしているから、驚いただけだ」

「まあ、失礼しちゃうわ」

そう言い返して、オフィーリアも笑う。

「それにしても、クラウス様は勉強ばかりね。疲れはしないの？」

思い返せば、ゲームのスチルでもよく本が一緒に描《えが》かれていた。

今の状況《じょうきょう》を見てもわかるように、クラウスに会いたいときは図書館に来るというのがプレイヤーの共通認識《にんしき》だ。

「私に課せられた義務のようなものだから、疲れるも疲れないもない」

（わあ……）

聞くだけ無意味だったようだ。

けれど、そういえばゲームでもこんな感じだったなと思い出す。そんなクラウスに遊ぶことの楽しさを教えるのが、ヒロインだ。

今は彼の肩をまくらにしてすやすや寝ているけれど……。

というか、肩を借りて寝ることを許されるまでに距離《きょり》が近づいていたことにオフィーリアは驚いていた。

（フェリクス様狙いじゃなかった……のかな？）

クラウスルートに進むのであれば、オフィーリアはこのままフェリクスと結婚することができる。

なので、ぜひそうなってほしいところだ。

オフィーリアの視線がアリシアに向いていることに気づき、クラウスは苦笑する。

「何度も邪魔をするなと言っているのだが、懲《こ》りずにくるんだ」

「そうでしたか」

（さすがは強《きょう》メンタル……）

きっと、花壇には紫色のフリージアも咲いているのだろう。

パワフルだなと思いながら、「お疲れのようね」と当たり障りのない言葉をかける。

「彼女は活字が苦手みたいだな」

「そのようですね」

難しい本を開くと睡魔《すいま》に襲われるタイプのようだ。

その気持ちはわからないわけでもない。けれど、読み進める前に寝てしまうというのはもったいない話だ。

「こんなに面白いのに」

オフィーリアはクラウスから受け取った本を開いて、中を見る。

確かにびっしり文字が詰《つ》まっているけれど、絵も描かれていてわかりやすいし、見出しなどは少し大きめに書かれているため読みやすい。

（あ、ほかの大陸との比較《ひかく》まである！）

これは予想以上に興味深い内容が書かれている。

クラウスがいることも忘れて、オフィーリアは内容を読み進める。

水が綺麗な場所でのみ生息する植物などが一覧になっていて、わかりやすい。領地の湖のほとりに咲く花も一覧に名前が載っていて、誇らしくなる。

（やっぱりうちの領地の水は最高ね！）

そのほか、水の品質により色が変わる花などもあり、とても勉強になる。

「なるほど……」

オフィーリアが熱中してしまったのを見て、クラウスはまた小さく笑う。

「なんだ……最近は馬鹿《ばか》な話を多く聞いていたが、やはり噂《うわさ》だったか」

ぽつりと呟《つぶや》かれたクラウスの言葉に、オフィーリアはハッとする。クラウスがいるにもかかわらず、本に夢中になってしまった。

しかも今、何を言ったのかまるっきり聞いていなかった。

「ごめんなさい、わたくしったら……今、なんて？」

「いや、大したことじゃないから構わない」

「そう？」

これは借りて部屋でじっくり読むのがよさそうだと、オフィーリアは本を閉じる。

読もうと思っていた恋愛小説も、この場では落ち着いて読める気がしないので借りて帰ることに決める。

「……ここで読んでいくか？」

「え？」

「いや、オフィーリア嬢と話をするのはなかなか興味深いと思ってね」

嬉しいお言葉だが、今日は休息日と決めたのだ。

「お誘《さそ》いは嬉しいのですが、侍女が待っているので今日は帰るわ。ありがとう、クラウス様」

「わかった」

頷《うなず》いたクラウスに、オフィーリアは礼をして図書館を後にした。

図書館を出て、寮へ戻る前に校舎裏の花壇へやってきた。

フリージアの花を見て、ヒロインが誰と一番好感度が高いか確認するためだ。

「え……これ、って」

花壇には、赤色、白色、黄色、紫色のフリージアが、それぞれ五本ずつ咲いていた。

驚異的《きょういてき》な速さで成長している。

オフィーリアは口元に手を当てて、顔を青くする。

(誰か一人を攻略しているか、もしくは全員と仲良くなってからルートを絞《しぼ》るとばかり思っていたけど……)

これではまるで、全員を自分のものにしようとしているみたいだ。

「四人全員と結ばれる、逆ハーレムルート……？」

このルートだけはありえないと思っていたことが、実現しようとしていた。

ドクン、ドクン……と、心臓がゆっくり、けれど確実にその速さを増していく。背中には嫌な汗《あせ》が伝い、鳥肌《とりはだ》が立つ。

逆ハーレムルート。

攻略対象全員と結ばれる、ハッピーエンドだ。

この世界では基本的に複数の人と結婚を許す法はないが、『フリージアの巫女』は複数の男性との結婚が許される。

フリージアの巫女とは、この世界を創《つく》ったとされる女神フリージアの御使《みつか》いのこと。聖なる力で悪を祓《はら》い、世界を平和に導くことができる。

複数の男性と結婚することを許されているのは、フリージアの巫女を守る力は多い方がいいとされているから。

それは金銭、魔法、力、あらゆる方面に言える。

また、女神の御使いに人間の法を適用してはならないと言う人々も一定数存在する。

逆ハーレムエンドの際、悪役令嬢のオフィーリアは――死刑《しけい》。

理由は、闇夜の蝶を手引きしたから。

フェリクスをはじめとした他の攻略対象たちに愛されるヒロインに憎《にく》しみが募《つの》り、心が壊《こわ》れ、決して越えてはいけない一線を越えてしまう。

現実に耐《た》え切れなくなり、闇夜の蝶を大量に学園へ招き入れてしまうのだ。

ゲームではアリシアがフェリクスたちと闇夜の蝶を倒して事なきを得るが、実際問題として、学園だけではなく国すら滅ぼされてしまう可能性があった。

そんな重罪を犯《おか》したオフィーリアが、修道院への軟禁《なんきん》や国外追放で許されるはずもない。

「……わたくしが、死刑？」

ここにきて、一気に運命が重くのしかかってきた。

闇夜の蝶を手引きするつもりなんてまったくないけれど、現状を鑑《かんが》みると……どうにもゲームの強制力のようなものが存在している。

（自分の意思に反して、闇夜の蝶と関わりを持つことになってしまうかもしれない……）

実際、闇夜の蝶の言葉も理解することができた。

おそらく、話しかければ応えてくれるだろう。

逆ハーレムルートは選ばないだろうなんて考えが、ありえなかった。

オフィーリアは『一人の男性と寄《よ》り添《そ》う』という貞操《ていそう》観念しか持っていない。そのため、都合よく逆ハーレムエンドになる可能性を脳内から消し去っていた。

アリシアが同じく元日本人だということも、その考えに現実みを持たせていたのだろう。

「でも、こうなってくると……わたくしの未来が真っ暗だわ」

だって、アリシアが全員と結ばれたら自分は死んでしまうのだ。

「フェリクス様を奪《うば》うだけではなく、わたくしの命まで奪うというの？」

（ああ、どうしよう）

誰か一人と結婚して幸せになってくれたら、辛いことも多いかもしれないが……どうにかひっそり暮らしていけると思っていたのに。

フェリクスのことだって、いつか忘れられたかもしれない。できる気は、あまりしないけれど。

花壇に咲く色鮮《あざ》やかなフリージアが、こんなに憎らしく思えるなんて。

（ああ、この感情は）

まさしく、アリシアをいじめてしまったゲームのオフィーリアなのかもしれない。そんな考えが、脳裏《のうり》をよぎる。

これでは、本当に闇夜の蝶を手引きして……手に入らないならいっそと、国ごと滅ぼしてしまいそうだ。

「だめ、駄目《だめ》よそんなの……はっ、あ」

頭を振り、今の考えを捨てる。

するとふいに、フェリクスの優《やさ》しい笑顔が浮かぶ。

(フェリクス様を害するなんて、絶対に嫌……！)

「……あっ」

オフィーリアが浅い呼吸を繰《く》り返《かえ》していると、ふいに話し声が耳に届いた。

(どうしよう、隠れないと……！)

アリシアとフェリクスがやってきた。

「こっちからよくない気配がしたんです！　きっと、

「最近、闇夜の蝶が増えているな……」

木の陰から二人を覗いてみると、どうやらゲームのイベントを進めているようだ。闇夜の蝶を倒すと、好感度を上げることができる。

見ると、ひらひらと舞うように闇の蝶が現れた。

あっという間にアリシアが魔法で倒し、喜んでいるようだ。

「よかった！　これで生徒に被害が出ることもないですね」

「ああ。協力ありがとう、アリシア嬢。生徒の中には戦うことを得意としない者も多くいるからね」

「はいっ！」

和気あいあいと話す二人の下に、「大丈夫か⁉」と、クラウスもやって来た。

（そういえば、あの二人は図書館にいたんだった）

どうやら、闇夜の蝶の気配を察知したアリシアが図書館を飛び出し、一足遅れてクラウスが追いかけてきたらしい。

「一匹だけだったので、大丈夫でしたよ。途中《とちゅう》でフェリクス様に会ったので、一緒に来てもらったんです」

「そうか。問題なく倒せたのなら、よかった」

学園に被害がなかったので、クラウスもほっとしているようだ。

「アリシア嬢は、本当に強いな。その腕があれば、学園の卒業後は好きな職に就《つ》くことができるだろう」

「好きな……」

クラウスの言葉に、アリシアは頬《ほお》を染めた。

「私……戦うとか、そういうことはあまり興味がないんです。あ、もちろん闇夜の蝶は許せないから、別ですけど！」

将来の夢は別にあるのだと、微笑む。

ヒロインであれば、夢は世界平和！　あたりが無難なような気がするのだが、いったいなんて言うのだろうとオフィーリアは耳を澄ませる。

（戦うのが好きじゃないなら、王城の文官か、いっそ神殿？）

どんな職に就いたとしても、国のためになるので問題はないが。——と、オフィーリアは思っていたのだが……。


「幸せいっぱいの、お嫁《よめ》さんになりたいんですっ！」


そう言って、アリシアは上目遣《うわめづか》いでフェリクスとクラウスの二人を見た。どう見ても、狙ってやっているのが丸わかりだ。

（確かにお嫁さんになるというのは、女性の夢かもしれない）

けれど、アリシアが攻略している相手は——王侯《おうこう》貴族だ。

お嫁さん、なんて、一言に可愛い存在ではない。

相手に王太子のフェリクスがいるので、必然的に王妃になる。さらに、フリージアの巫女としても崇《あが》められるだろう。

「…………」

この国――フィールズ王国のことは、あまり考えていないのだろうか。

王侯貴族になるということは、そう簡単なことではない。

好きな人を想《おも》うことも大切だが、それ以上に国を、国民を愛し慈《いつく》しまなければならない。

オフィーリアは、子どものころからそう教えられてきた。

「……王侯貴族になったとして、その役目をまっとうできるのかしら」

オフィーリアがぽつりと呟くと、まるで、視界が開けたかのような感覚に陥《おちい》った。

「――っ!?」

そしてふいに、前世で自分が死ぬ間際《まぎわ》の記憶《きおく》が蘇《よみがえ》った。

この国のことを嘆《なげ》いたから、女神フリージアが憐《あわ》れんでくれたのだろうか。ずっと思い出せなかった、前世の最後の記憶。

何周目かをクリアしたときに来た、一通のメール。その件名には『Freesia運営より』と書かれていた。

――どうして、こんな大切なことを忘れていたのだろう。

いつもFreesiaをご利用いただきまして、ありがとうございます。

この度《たび》、何人もの方から「オフィーリアに救済を！」という要望をいただきました。

それを受け、Freesia運営チームは本日のアップデートで『裏コマンド』を実装いたしました。


【庭師の少年にお菓子《かし》をあげて仲良くなり、花壇のフリージアを黒色にしよう！】

R1、R2、A、A、B、R1の順でボタンを押すと、特別画面が開きます。

その画面から、庭師の少年にお菓子をプレゼントすることができます。

庭師の少年との好感度パラメータが一定以上に達すると、花壇の花が変化します。

その後『悪役令嬢ルート』が発動し、プレイヤーはオフィーリアとなって各キャラクターとの恋愛を楽しんでいただくことが可能です。


なお、この連絡《れんらく》は要望をいただいた方にのみお送りしております。

公式発表は一ヶ月後となりますので、それまでは内密にプレイを楽しんでいただけますと幸いです。

Freesia運営チーム

「つまりこれって、オフィーリアが主人公……ってことよね？」

そう気づいた瞬間、瞳から大粒《おおつぶ》の涙が零《こぼ》れ落《お》ちた。

自分が死なずに済むからか、運営に要望が通ったからか、それとも――フェリクスと添《そ》い遂《と》げることができるからだろうか。

「……フェリクス様」

今はただ静かに、オフィーリアは大好きな婚約者の名前を呼んだ。

第三章　悪役令嬢ルート

午前中の授業が終わり、昼休み。

フェリクスは用事があったため、オフィーリアは一人きりで過ごした。

それもあってあまり食欲がなく、軽く食事をすませ教室へ戻《もど》ってきた。教室内にいる生徒は少なく、考え事をするには丁度いい。


この世界に転生したオフィーリアは、乙女《おとめ》ゲームが開始したらヒロインのアリシアと仲良くしようと思っていた。

その理由はもちろん、自分が幸せになるためだ。そりゃあ、フェリクスと婚約破棄《こんやくはき》はしたくないけれど……運命ならばしかたがないと思っていた。

修道院への生涯幽閉《しょうがいゆうへい》か、国外追放か。

個人的には、前世庶民《しょみん》の強みを生かして生活できる国外追放がいいけれど……バッドエンドでなくてはならないからヒロインがちょっと可哀相《かわいそう》。

……なんて、思っていた時期もありました。

けれど、実際はどうだったろうか。

ヒロインは事あるごとにオフィーリアに突《つ》っかかってきて、さも自分がいじめられているかのように振《ふ》る舞《ま》うのだ。

しかも、堂々とフェリクスがいる前で。

（さすがに、あの神経には驚《おどろ》かされる……）

そして決定的なのは、アリシアが逆ハーレムルートを選択《せんたく》しているということ。このエンディングでは、オフィーリアは死んでしまう。

彼女《かのじょ》は結末を知っているのに、どうしてこのルートを選ぶことができるのだろうか。

（悪役令嬢《れいじょう》の命なんて、どうでもいい？）

思わず、自嘲《じちょう》めいた笑《え》みが浮《う》かぶ。

そんなとき、優《やさ》しい声が自分を呼んだ。

「オフィーリア」

「――！　フェリクス様」

「すまない、一緒《いっしょ》に昼食をとれなくて。どうしても外せない用事があったんだ」

申し訳なさそうなフェリクスに、オフィーリアは首を振る。

「いいえ、フェリクス様はお忙《いそが》しいですから。お気になさらないでください」

「ありがとう、オフィーリア。代わりと言ってはなんだけど、今度一緒に出かけよう」

「はい」

別に代案なんていらないのにと思いつつ、フェリクスと出かけられることは純粋《じゅんすい》に嬉《うれ》しいので、素直《すなお》に頷《うなず》く。

「もし行きたいお店があったら――」

「フェリクス様～！」

デートの行き先を決めようとしたところで、甘《あま》い声が聞こえてきた。もちろん、声の主はアリシアだ。

しかもその手には、レモンゼリーを持っている。フェリクスにあげるのだろうということは、簡単に想像できた。

これみよがしに「さっきはありがとうございました！」と微笑《ほほえ》む。

「フェリクス様と一緒に食べると、ご飯が何倍も美味《おい》しいですね！」

「……それはよかった」

アリシアが嬉しそうに話していると、ほかの令嬢たちもやってきた。どうやら、フェリクスと交友を深めたいようだ。

「まあ、フェリクス様は食堂で昼食をとられるのですか？」

「てっきり、オフィーリア様とお二人でとられているのだとばかり思っていました」

「ああ、そうだね。昼食はいつもオフィーリアと一緒なんだけど、今日はたまたま」

苦笑《くしょう》しつつフェリクスが答えると、そこにアリシアが割って入る。

「そうなんです。フェリクス様はとてもお優しくて、今日は私と一緒にランチをしてくれて。私のことも、特待生として学園に入学したことをとても褒《ほ》めてくださったんですよ」

にこにこしているが、アリシアの言動からは自分は特別であるということが節々に感じられた。

話しかけてきた二人の令嬢は、困惑《こんわく》した表情で「すごいですね」とアリシアを褒める。

「ええ。ですから、私と特別仲良くしていただけるんです」

「そうですか」

「ただ、さっきは先生の用事の後だったのであまり時間がなくて……。私、食堂でレモンゼリーをテイクアウトしてきたんです。フェリクス様と一緒に食べようと思って」

二つのレモンゼリーを手に持ち、アリシアは満面の笑みを作る。

「フェリクス様、一緒に食べま――きゃあっ！」

アリシアが令嬢たちからフェリクスへ向き直ろうとしたとき、バランスを崩《くず》して転んでしまった。

レモンゼリーは教室の床《ゆか》にぶちまけられて、見るも無残な姿になってしまっている。

　さすがに、これには教室中が静まり返る。

　どうにかしてフォローした方がいいだろうとオフィーリアが考えていると、アリシアがこちらを見た。

「酷《ひど》いです、オフィーリア様。私に足をひっかけるなんて……っ！」

「え……」

（そんなことしてないでしょ⁉）

　自分で勝手に転んだくせに、どうして人のせいにするのか。内心ではイライラが膨《ふく》らんでいく。

「わたくしは、何もしておりませんわ。もしかしたら、机の脚《あし》に引っかかってしまったのかもしれませんね」

　勘違《かんちが》いでは？　と、笑顔《えがお》で告げる。

　しかしアリシアは、どうしてもオフィーリアのことを悪役にしたいようだ。

「どうしてそんな嘘《うそ》をつくんですか？　確かに、当たったのに……」

　泣《な》き真似《まね》をするアリシアを見て、令嬢たちは顔を見合わせる。

　さすがに、令嬢たちもアリシアの行動が度を過ぎていると思ったのだろう。何か言い返そうとしたのだが――ちょうど、教師が来てしまった。

時計を見ると、昼休みは終わり午後の授業が始まる時間だ。

「わ、なんですかその床は……！　清掃《せいそう》の方を呼びます！　みなさんは席に着いていてくださいね」

教師は惨状《さんじょう》に驚きつつも、すぐに手配をしていく。

「席に戻りますわ」

「ええ」

そう言って、令嬢たちは一礼して下がった。

「オフィーリア、大丈夫《だいじょうぶ》？」

席から離《はな》れると、すぐに心配そうなフェリクスがやってきた。スカートなどを見て、レモンゼリーがかかっていないか確認《かくにん》してくれている。

「ありがとうございます、フェリクス様。特に汚れてはいないので、大丈夫です」

「よかった」

ほっと頰《ほお》を緩《ゆる》めたフェリクスに、いじめられで荒《すさ》んだ心が洗われて行く気がした。

清掃はあっという間に終わり、授業は問題なく開始された。

「………………」

一連のやり取りを思い出して、オフィーリアは心の中でため息をつく。

もしアリシアが本気で逆ハーレムルートを目指すのであれば、最終的に王妃《おうひ》、もしくはそれと同等の立場になる。

(だというのに、同じ年ごろの令嬢から嫌《きら》われるように振る舞ってどうするの?)

彼女たちは将来結婚《けっこん》をし、その結婚相手はきっとフェリクスに仕えるだろう。貴族はみな、国と民《たみ》のためにあるのだから。

彼女たちと仲良くしておくことは将来の助けになるというのに。

(もしかして、そんなこともわからない?)

彼《かれ》らと結婚し、お嫁《よめ》さんとして楽しい結婚生活を送ることができればそれでいいのだろうか。

ゲーム世界のままであったなら、それも問題はなかっただろう。

(でも、ここは現実)

我《わ》が儘《まま》ばかりが通る世界ではない——と、オフィーリアは思いたい。

そして脳裏《のうり》に浮かんでくるのは、運営からのメールの文面。

その後『悪役令嬢ルート』が発動し、プレイヤーはオフィーリアとなって各キャラクターとの恋愛《れんあい》を楽しんでいただくことが可能です。

「……悪役令嬢ルートに入れば、わたくしはフェリクス様と一緒に幸せになれる？」

このままヒロインにいじめられをされ続け、婚約者のフェリクスを奪《うば》われ、殺されてしまうかもしれないのなら――

「わたくしだって、幸せになっていいのよ」

転生した当初の目的は、幸せになることだったはずだ。

何を躊躇《ちゆうちよ》する必要があるだろうか。

――いや、さすがにアリシアをヒロインの座から引きずり下ろすのは可哀相かもしれないと、どこかで思っていた。

でも、それも終わりだ。

フェリクスと結婚し、悪役令嬢オフィーリアは幸せになる。

そう考えたオフィーリアは、『悪役令嬢ルート』へ進むことを決意した。


授業が終わってすぐ、オフィーリアは庭師の少年に会うため庭園へとやって来た。

運営から送られてきたメールに書かれた、『庭師の少年にお菓子《かし》をあげて仲良くなる』

を実行するためだ。

無事に達成すると、庭師の少年が黒色のフリージアを咲《さ》かせ、悪役令嬢ルート――すなわち、オフィーリア救済ルートに入ることができる。

オフィーリアは庭園を見回して、庭師を捜《さが》す。

「そういえば、日中はいつも庭園の背景スチルに庭師のお爺《じい》ちゃんが描《えが》かれていたっけ。

何か関係性があるのかな？」

そう思い庭園を歩いていると、薔薇《ばら》の手入れをしている人を見つけた。スチルで見てい
たお爺ちゃんではなく、運営のメールに書かれていた通り少年の庭師だ。

脚立《きゃたつ》を使い、高い場所の薔薇の手入れをしている。

ドキドキしながら、オフィーリアは庭師の少年の下へ行く。

「こんにちは」

「……！　あ、こんにちは。どうかしましたか？　お嬢様《じょうさま》」

オフィーリアが話しかけると、少年はすぐに脚立から下りてきてくれた。

うやうやしくお辞儀《じぎ》をする姿はとても好感を持つことができ、きちんと躾《しつ》けられている
ということもわかる。

「わたくしは、オフィーリア・ルルーレイク。実は、校舎裏にあるフリージアの花壇《かだん》に興

味があって……お話をしてみたかったのです」

「あ、それを作ったのは祖父《そふ》です。僕《ぼく》はイオ、見習いの庭師です」

「そうだったのね」

「はい。ただ、祖父は腰《こし》を痛めてしまっていて……」

「それは心配ね……お大事にと、お伝えしてもらえるかしら」

「ありがとうございます」

長期で休みをとっている最中で、今はイオがメインで働いているということを教えてくれた。


庭師見習いの少年、イオ。

黒い瞳《ひとみ》はぱっちりしていて、あどけなさが残る少年。

年は十三歳《さい》くらいだろうか。こげ茶の髪《かみ》は天然パーマのようで、くるくるしているのが可《か》愛《わい》らしい。

帽子《ぼうし》をかぶり、腰には剪定《せんてい》道具を入れた鞄《かばん》を下げている。

「花壇を作ったのは祖父ですが、手入れをしているのは僕です。あ、でも……どなたかが水をあげたりしてくださっているようです」

そう言って、イオは笑う。

「そうだったのね……。お爺様のお仕事をあなたが一人でやるのはすごく大変でしょう？　とても立派ね」

「あ、ありがとうございます」

褒められたことが嬉しかったようで、イオは照れた笑みを浮かべる。

そんなイオを見て、オフィーリアはなんともやるせない気持ちになってしまう。こんな純粋な少年を利用するような形になってしまって、いいのだろうか――と。

それがどうにも、オフィーリアの足を踏《ふ》みとどまらせてしまう。

オフィーリアが悩《なや》んでいると、イオが嬉しそうに目の前にある薔薇を指さした。

「これは僕が世話をした子で、とても綺麗《きれい》に咲いてくれたんです。水色から白のグラデーションの花を咲かせる、オフィーリア様のように美しい品種なんですよ」

「まあ……ありがとう。青系統の薔薇は育てるのがとても難しいと聞いたことがあるわ」

「そうなんです！　この薔薇を咲かすのには、すごくすっごく時間がかかっていて……それこそ、寝《ね》る間も惜《お》しんで雑草を抜《ぬ》いたり、上手《うま》く剪定をして日の光をあてないとすぐに枯《か》れてしまって……」

どうやらイオは、仕事のことになると熱くなるタイプのようだ。

オフィーリアがくすりと笑うと、イオははっとして「失礼しました」と頭を下げる。貴族相手に、無礼を働いてしまったと思ったのだろう。

オフィーリアはすぐに首を振り、「気にしていないわ」と優しく声をかける。

「植物がとても好きなのね」

「……はい。僕が一生懸命《いっしょうけんめい》育てると、それに応えるように咲いてくれますから」

「素敵《すてき》ね」

その言葉を聞いて、イオは目を丸くする。

「ありがとうございます。その、貴族の方が声をかけてくれることなんてないので……」

しかも、こうやって自分の話を聞いてくれたのは、オフィーリアが初めてなのだとイオが言う。

「そうだったの……」

祖父が腰を悪くしているし、この学園にはイオと同年代の従業員はほかにいない。きっと、一人黙々《もくもく》と仕事をしていたのだろう。

もしかしたら、心細いときもあったかもしれない。

気づいたら、黒色のフリージアにしてもらいたいというよりも、もっと話をしてみたい……そんな思いから、口を開いていた。

「イオがよかったら、ここでお茶をしない？」

「え？」

「わたくしに、花の話を聞かせてほしいの。ここに咲いている薔薇や、フリージアのこと。あまり花に詳《くわ》しくなくて……どうかしら？」

オフィーリアがそんな提案をすると、イオはぱっと顔を明るくした。

「いいんですか⁉　嬉しいです！」

「決まりね」

イオの許可が出たので、オフィーリアはさっそく準備を始めることにした。

庭園にあるテーブルへティーセットを運び、数種類の焼き菓子を用意する。温かいカモミールティーを飲みながら花を眺《なが》めるのは、なんて贅沢《ぜいたく》なんだろうか。

しかし一緒のテーブルに着いたイオは、想像以上に緊張《きんちょう》していた。せっかく淹《い》れたカモミールティーが、冷めてしまいそうだ。

「もしかして、ハーブティーは苦手だった？　別のものも用意できるけれど……」

「違《ちが》うんです！　あ、すみません……。僕、マナーがさっぱりわからなくて……」

イオはもしかしたら何か粗相《そそう》をしてしまうかもしれないと、顔を青くしている。けれど、別にオフィーリアはそんなことを気にしたりはしない。

「大丈夫よ、ここにはわたくししかいないもの。マナーをとやかく言ったりはしないわ」

「オフィーリア様……。ありがとうございます」

イオはほっと胸を撫《な》でおろし、カモミールティーを飲んだ。

「わ、美味しい……！　ハーブティーって、初めて飲みました」

「喜んでもらえてよかったわ。これはカモミールというハーブで、飲みやすいのよ」

ルルーレイク領ではたくさんのハーブが育てられており、特産品となっている。そのため、オフィーリアは小さなころからハーブティーが大好きなのだ。

「そうなんですね。教えていただきありがとうございます」

「どういたしまして。遠慮《えんりょ》せずに、お菓子も食べて？」

「はいっ！」

どうやら緊張がほぐれたようで、イオは焼き菓子へ手をのばす。

それも「甘くてふわふわ！」と笑顔で食べてくれるので、オフィーリアはなんだか餌付《えづ》けをしているような気分になる。

（弟がいたら、こんな感じかしら？）

そうならブラコンになる自信があると、苦笑する。

オフィーリアもカモミールティーに口をつけて、ここまで進めてしまったのだし……と、本題を切り出すことにした。

薔薇の話が聞きたいのも本当だが、まずはフリージアのこと。

「校舎裏のフリージアは、何色の花が咲くの？」

オフィーリアは思う。

もしかしたら少し意地悪な質問だったろうかと、オフィーリアは思う。

どういう仕組みになっているかはわからないけれど、ヒロインが攻略《こうりゃく》したキャラクターの色の花が咲くのだから。

オフィーリアの言葉を聞いて、イオは考え込んでしまった。

どう答えればいいかわからずに、迷っているようにも見える。

「ごめんなさい、わからないならいいのよ」

別にイオをいじめるために質問したわけではないのだ。

オフィーリアがそう言うと、イオはゆっくり首を振った。

「いいえ。オフィーリア様はお優しいですし、お話ししてもいいかもしれません」

「え？」

「あの花壇のフリージアは、特殊《とくしゅ》なんです。育て方によって咲く花の色が変わるのだと祖父が言っていました。赤や白、紫《むらさき》……だから、僕にも何色が咲くのかわからないんです」

イオは苦笑しながら、「内緒《ないしょ》ですよ」と告げる。

「祖父がやっとの思いで入手したらしいので、そう簡単に手に入るものではないみたいです」

だからイオも入手ルートは知らないし、どういった仕組みの花なのかも正確には把握《はあく》していないのだという。

わかっているのはただ不思議な、神秘的なフリージア……ということだけ。

「そんな花があるなんて、知らなかったわ……。どんな色にでもなるのかしら」

オフィーリアがおそるおそる聞いてみると、イオは申し訳なさそうな顔をした。

「僕もまだよくわかりませんが、本来ある色の花が咲くんだと思いますよ。白色を始めとした、明るめの色でしょうか」

「そうよね……」

もしかしたら、黒色のフリージアも咲くのでは……と思ったけれど、そんなことはなかったようだ。

「何か気になる色があったんですか？」

「……黒のフリージアが見たかったの」

イオの質問に、フリージアの秘密を教えてもらったこともあり、オフィーリアは素直に答えた。

「黒色、ですか。ほとんど話題にのぼることはないですね……幻《まぼろし》のような色です」

「そうよね。ありがとう、イオ」

オフィーリアががっかりしてしまったからか、イオは元気づけるようにほかの提案をしてくれる。

「えっと、ほかの種類なら黒色の花もありますよ。たとえば、薔薇はどうでしょう？」

それならば学園にも咲いているので、すぐに見せることができますとイオが言う。

（わたくしが知りたいのは黒のフリージアのことだけど……）

別に薔薇が嫌いというわけではない。

それに、黒の薔薇を育てているところはあまりなく、滅多《めった》に見られるものではない。

オフィーリアの屋敷《やしき》もそうだが、明るい色合いの薔薇が好まれるので、貴族の屋敷でも咲いているところはほとんど見られないだろう。

「そうね……ぜひ、見せていただきたいわ。案内してもらうことはできるかしら？」

「もちろんです！」

オフィーリアがお願いすると、イオは勢いよく立ち上がった。

「黒色の薔薇は、祖父がいるときからずっと僕が任されてお世話をしていたんです。見てもらえるなんて、嬉しいなぁ」

「まあ、イオが育てているのね。とても楽しみだわ」

すぐにカモミールティーを飲みほして、オフィーリアも立ちあがった。

黒色の薔薇が咲いている場所は少し離れていて、色々な花を見ながら歩いていく。道中、イオが花の話をしてくれて、とても楽しい。

「こっちの白色の薔薇は、綺麗な白色にするのがとっても大変だったんですよ」

「確かに、これほど見事な白は初めて見たかもしれないわ」

白の薔薇というと、ピンクや赤など、ほかの色目が混じってしまうことが多々ある。けれどここに咲いているのは純粋な白い薔薇で、美しい。

イオがとても大切に育て、努力しているということがわかる。

庭園の端《はし》まで歩いたところで、イオが前を指さした。

「あそこにある鍛練場《たんれんじょう》の横で育てているんですよ」

「てっきり庭園にあるのかと思ったわ」

「お嬢様方の中には、黒色の薔薇を嫌う方もいるんです」

（あ〜……）

なるほどと、オフィーリアは思う。確かに、黒は闇夜《やみよ》の蝶《ちょう》の色だからと忌避《きひ》されることが多い。

不吉《ふきつ》だと言って嫌う令嬢がいてもおかしくはないだろう。ドレスもカラフルなものが主流で、黒を着る機会といえば喪《も》に服すときくらいだ。

確かにこれでは、黒色の花は育てづらい。

オフィーリアたちは、黒薔薇の前にやって来た。

しっとりした漆黒《しっこく》の花びらには、どこか異質な美しさがあるとオフィーリアは思う。けれど嫌悪感《けんおかん》はまったくなくて、ずっと見ていたいとすら感じる。

それはこの黒薔薇が美しいからだろうか。

それとも、自分が悪役令嬢だからだろうか。

オフィーリアが真剣《しんけん》に見つめていると、イオが黒薔薇の話をしてくれる。

「この黒色の薔薇は、小さな苗《なえ》から育てたんです。僕もまだ庭師を始めたばかりのころで、何回も棘《とげ》で怪我《けが》をしてしまって……」

「薔薇の棘は痛いものね」

「そうなんです」

今はもう慣れて、怪我をすることもほとんどないのだとイオが言う。

「でも、こんなに美しい花が咲いたんだもの。その苦労も、きっと報《むく》われたわね」

「はい！　花が咲いた瞬間《しゅんかん》に、苦労なんて吹っ飛んじゃいます！　薔薇が病気になりそうになったときは、寝る間も惜しんで管理しました。僕はもうくたくたに疲《つか》れ果《は》てて……でも、花が咲くと大変だったことを全部忘れてしまうんです」

それだけ、花には人を動かす魅力《みりょく》がある。

イオは笑顔で語りながら、「そうだ！」と提案してくれる。

「もしよかったら、お部屋に飾《かざ》りませんか？」

「え？　それは嬉しいけれど……いいのかしら」

「もちろんです。実は僕が育てた花は……その、飾ってもらったことがないんです。だから、オフィーリア様にお持ちいただけたら嬉しいです」

戸外で力強く咲く花もいいが、室内に飾れば華《はな》やかに彩ってくれる。

それならばと、オフィーリアは頷いた。

「寮《りょう》の部屋に飾らせてもらうわ、ありがとう」

「すぐにご用意しますね、お待ちください！」

「ええ」

オフィーリアの返事を聞き、イオはさっそく剪定の準備にかかった。一番綺麗に咲いているものを選んでくれるようで、真剣に薔薇を見ている。

オフィーリアが待っている間、鍛練場の賑《にぎ》わいが耳に届いてきた。

剣《けん》を振るう男子生徒と、それを見守る女子生徒の黄色い声援。前世の部活動みたいなものかと、オフィーリアは苦笑する。

中には婚約者を応援《おうえん》している令嬢もいるのだろうが、大半はミーハーなギャラリーだ。

「エルヴィン様、格好いい～！」

（あれ？　この声……）

嫌《いや》な予感を覚えつつ鍛練場を見ると、黄色い悲鳴をあげる女子生徒たちの中にアリシアの姿もあった。

どうやら、攻略対象のキャラクターであるエルヴィンを応援して好感度を上げているようだ。

この場から離れたい……。

けれど、ハーレムルートになってしまって一番困るのはオフィーリアだ。ここは邪魔《じゃま》をしに行くべきだろうかと悩む。

(でも、悪役令嬢ルートに入ったら関係ない)

というより、正直……疲れるのでアリシアと関わりたくないというのもある。

オフィーリアは、鍛練をしているエルヴィンを見る。

剣の稽古《けいこ》をしているらしく、ほかの男子生徒と模擬戦《もぎせん》をしている。エルヴィンは騎士《きし》の家系なので、学園の卒業後は騎士になるのだろう。

しばらく見ていると、わあああっと歓声《かんせい》が上がってエルヴィンの勝利となった。

(すごい剣の腕《うで》だわ、エルヴィン様!)

すぐにアリシアがタオルを持って、エルヴィンの下へ駆《か》けつけた。さりげなくほかの女子生徒を押《お》しのけているのは、さすがだ。

その様子を見ていると、「お待たせしました!」と黒薔薇を手にしたイオがやってきた。

イオが両手で抱《かか》えるほど大量の黒薔薇は美しく、思わず見惚《みほ》れてしまう。

「ありがとう、イオ」

オフィーリアが笑顔で受け取ると、今度は後ろから「ええっ！」と驚く声がした。

——アリシアだ。

面倒《めんどう》くさい相手に見つかってしまった……。そう思いながらもオフィーリアは振り向く。

「黒い薔薇……。オフィーリア様、もしかしてどなたか亡《な》くなったんですか？」

心配そうな表情のアリシアの言葉に、周囲からざわめきが起きる。公爵《こうしゃく》家で誰《だれ》か亡くなったとあれば、一大事だ。

（別に供《そな》えるための薔薇じゃないのに……）

オフィーリアはため息をつきたいのをぐっと我慢《がまん》して、微笑んでみせる。

「いいえ、まさか。この薔薇は、わたくしが寮の部屋に飾ろうと思って用意してもらったのよ。美しいでしょう？」

「えっ！　そうだったんですね。ごめんなさい、私ったら早とちりをしてしまって」

「いいえいいえ」

しかし急いでこの場から離れていく影《かげ》も見えたので、短絡的《たんらくてき》な誰かが公爵家で誰か亡くなったらしい！　という噂《うわさ》が流れてしまうかもしれない。

（まあ……それはそれで、将来フェリクス様が側近候補から除外すればいいだけだわ）

ある意味、将来の重役選定ができてラッキーだったと思うしかない。

「女性には何色の花でも似合うから、大丈夫」

「え？」

突然《とつぜん》入ったフォローの声のする先を見ると、エルヴィンがいた。オフィーリアの持つ黒薔薇を見て、パチンとウインクをした。

「この黒薔薇が、オフィーリア嬢の美しさをより引き立てているよ。眩《まぶ》しすぎて、せっかくの薔薇もかすんでしまいそうだ」

流れるように口説《くど》き文句が出てきて、思わず後ずさりたくなってしまう。

その台詞《せりふ》にも、周りの女子生徒がきゃあきゃあ声をあげる。自分にも囁《ささや》いてほしいという言葉が聞こえて、アリシアが負けじとエルヴィンの腕を取った。

「エルヴィン様のお言葉は、いつ聞いてもときめいてしまいますね！」

「嬉しいことを言ってくれるね、子猫《こねこ》ちゃん。ありがとう」

そう言ってもう一度ウインクをして、周囲の生徒からまた黄色い悲鳴が上がる。

ゲームをプレイしていたときはオフィーリアも画面の前でキャーキャー騒《さわ》いでいたのだが、自分が悪役令嬢では騒いでもいられない。

そうこうしているうちに教師がやってきて、「ほら、散りなさい！」と女子生徒たちを追い払いにかかった。

どうやら、ギャラリーのせいで鍛錬が進まないと判断したようだ。

アリシアは頬を膨らませつつも、教師に目をつけられるのはよくないと思ったのだろう、大人しくその場を去っていった。

エルヴィンは名残惜《なごりお》し気に鍛錬場に戻っていったのだが、その後ろ姿にオフィーリアは違和感《いわかん》を覚えた。

（……もしかして、足を引きずってる？）

おそらく、本当に些細《ささい》な変化だっただろう。

現実のエルヴィンはどんな人間なのかと、じっと見つめていたからこそわかった。左足の動きが少しだけぎこちないので、怪我をしているのかもしれない。

オフィーリアが何かしなくても、きっと教師に治療《ちりょう》をしてもらうだろう。

そう思っていたのだが、エルヴィンは何も言わずに再び鍛錬に戻ってしまった。どうやら、治療をしてもらうつもりはないようだ。

（なんでだろう）

そんなことを考えていたら、「オフィーリア様」と名前を呼ばれた。イオだ。

「ああ、一人にしてしまってごめんなさい。大丈夫だった？」

「僕は大丈夫です」

イオは鍛錬場を見ながら、「すごいですね」と言う。

「エルヴィン様は花がお好きなようで、よく庭園を散歩しているんですよ」

「そうなの？」

そういえば、先ほどアリシアに突っかかられたときも、さり気ないフォローをしてくれたことを思い出す。

「……ねえ、イオ。救急箱ってどこかにないかしら？」

「え？　それなら庭師が使っている部屋にありますよ」

「借りてもいい？」

さすがに放っておけそうにないと、オフィーリアは苦笑した。


鍛錬が終わり、エルヴィンは一人息をついた。

ズキズキする左足には気づかなかったふりをして、自分の仕事である鍛錬場の後片付けをしていく。

自分の持ち回りが終わった生徒が次々と上がっていき、最後に残ったのはエルヴィンだけだ。

「は～、さすがにしんどいね」

令嬢たちの前ではいい顔をしていたけれど、段々と辛《つら》さが増してきた。もしかしたら、足が腫《は》れて熱を持っているのかもしれない。

今日はいいことがない、そう思いながら、なんとか掃除《そうじ》を終わらせた。

さて帰ろうか、というところで……閉まっていた鍛練場の扉《とびら》が開いた。

誰か忘れものでもしたのだろうか？　そう思い、エルヴィンは「どうしたんだ」と声をかけ――目を見開いた。

「これは驚いたな、まさかオフィーリア嬢が来てくれるなんて。もしかして、俺《おれ》に会いたくなっちゃった？」

なんて冗談《じょうだん》めかして言うと、オフィーリアは静かに頷いた。

え？　まさか本当に？

「……さっきはありがとうございます、黒い薔薇のことをフォローしてくれて。そのお礼が言いたかったの」

「ああ、そんなことか。俺は本当のことしか言わないから、気にする必要ないのに」

意外に律儀《りちぎ》なんだなと、エルヴィンは思う。

そしてふと、オフィーリアの手にある救急箱が視界に入る。

もしかして、自分の怪我を見抜いた？　いや、顔に出すことはしなかったから、そんなはずはない。

そう思ったが、「怪我の手当てをするわ」と言われてしまった。

有無《うむ》を言わさぬ言葉に、エルヴィンは一瞬《いっしゅん》たじろぐ。

「左足が痛いんでしょう？　放っておいてはよくないわ」

「あ、ああ……」

オフィーリアに座《すわ》らされて、エルヴィンは左足のズボンをめくる。すると、足首が赤黒く腫れ上がっていた。

「……よく、これで涼《すず》しい顔をしていられましたね」

「あはは……」

小さくため息をついて、オフィーリアは薬を塗《ぬ》って包帯を巻いてくれる。その仕草はとても丁寧《ていねい》で、聞いていた話とは全然違う。

白く繊細な指は、見ていて飽《あ》きない。

自分の手は剣だこができているので、あまり見たいとは思わない。それでも、鍛練の賜物《たまもの》なので誇《ほこ》りには思うけれど。

「オフィーリア嬢、手際《てぎわ》がいいね」

「そうですね。一通りは」

役に立ってよかったわと言いながら、あっという間に手当ては終わってしまった。

「私が治癒魔法《ちゆまほう》を使えればよかったのですが……あとで、ちゃんと診《み》てもらってください」

「……ありがとう。でも、どうして怪我に気づいたんだ？」

「少し足を引きずっている様子だったから、痛めてしまったのかもって」

間違《まちが》っていなくてよかったわと、オフィーリアが微笑んだ。

「お礼も伝えたし、手当てもできたし……わたくしはこれで失礼します」

「え？」

オフィーリアが帰ろうとしたのを見て、エルヴィンは思わず声をあげた。つられて、オフィーリアも声をあげる。

「え？」

オフィーリアは不思議そうな顔をした。それはそうだ、だって呼び止められる理由なんて心当たりがないだろうから。

「いや、ごめん。オフィーリア嬢は男漁《あさ》りが激しくて、気をつけたほうがいいとか言われたからさ」

「な……」

いったい誰がそんなことを言ったのだと、オフィーリアは頭を抱える。

（って、心当たりなんて一人しかいないじゃない！）

某《ぼう》ヒロインの顔が脳裏をよぎったので、オフィーリアはパタパタと手で扇《あお》いで消し去る。

「でも、まったくそんなことなかったな。噂なんて、当てになるもんじゃない」

「エルヴィン様……」

てっきりアリシアの言葉を真に受けて自分を敵視するかと思ったが、ちゃんとオフィーリア本人を見てくれたらしい。

「俺はさ、伯爵《はくしやく》家の三男だろ？　だから、怪我をしたとか、簡単に弱音を吐《は》くとか、そういうのはしたくないんだ。これだから三男は……って、言われるだろ？」

普段《ふだん》はチャラくて明るいエルヴィンだが、苦労しているところもあったようだ。

プレイボーイなので距離《きより》を置いていたが、これからはもう少し仲良くなってみたいかもしれない。

そう思って、オフィーリアは微笑んだ。

「おはよう、オフィーリア」

「おはようございます、フェリクス様」

登校の際、フェリクスは毎日女子寮の門まで迎《むか》えに来てくれる。

教室に着くまでのわずかな距離だけれど、二人きりのこの時間がオフィーリアはとても気に入っているのだ。

雑談しながら歩いていると、フェリクスが心配そうな顔でこちらを見てきた。

「オフィーリア、あれから闇夜の蝶に遭遇《そうぐう》したりはしてない？」

その言葉に、そういえば最近闇夜の蝶の出現率が増えたということを耳にしたなと思い出す。きっと、ゲームが進んでいるからだろう。

アリシアも、フェリクスたちと一緒に退治していた。

「いいえ、わたくしの周囲では見かけません」

「そう、よかった」

「心配してくださって、ありがとうございます」

とはいえ……闇夜の蝶と戦っていて、危険が伴《ともな》っているのはオフィーリアではなくフェリクスだ。

しかし彼はそのことを公《おおやけ》にしていないので、知らないはずの自分が心配するわけにもいかない。

事情は知っているのに、乙女ゲームの主要メンバーでないため情報が入ってこない。なんとも不便で……疎外感《そがいかん》があるものだ。

「……フェリクス様も、お気をつけくださいね。何があるかわかりませんから」

「ああ。ありがとう、オフィーリア」

フェリクスは嬉しそうに微笑んで、「そういえば」と違う話題を口にする。

「夜中に、どうしても目が冴《さ》えてしまってね。実は散歩をしたんだ」

月明かりに照らされた学園の庭園の花が美しく、たまには普段活動しない時間に出歩いてみるのもいいものだと思ったのだという。

「今度、オフィーリアとも一緒に見たいと思ったんだ」

「嬉しいです。ぜひ」

「うん」

オフィーリアが了承《りょうしょう》の返事をすると、フェリクスは嬉しそうに微笑む。

「あ、でも夜中は駄目《だめ》だよ。昼間ね」

「……月明かりが綺麗だと盛り上げておいて、わたくしはお預けなんですか？」

期待してしまったのにと、オフィーリアは眉《まゆ》を下げる。けれど、フェリクスだってそれをよしとすることはできない。

「夜は危ないからね」

そう口にしたフェリクスに、確かに夜は闇夜の蝶が出現しやすく危ない時間帯だとオフィーリアは思う。

だけど……。

「フェリクス様がいれば、夜でも安心です。お強いですし……」

闇夜の蝶が出てきても倒《たお》してくれるという信頼《しんらい》がある。

そういうつもりでオフィーリアはもう一度お願いをしてみたのだが……フェリクスは「違う」と首を振る。

「ねえ、オフィーリア。私のことを信頼しすぎだよ。さすがにそれでは、困ってしまう」

「あ……っ、すみません。わたくし……図々《ずうずう》しいことを」

我が儘を言って、フェリクスを不快にしてしまった。すぐに謝罪の言葉を口にしたが、許してもらえるだろうか。

(だって、フェリクス様が怒《おこ》ったことなんて……今まで一度もないもの)

「ああ違う、そうじゃない」

「……？」

フェリクスはすぐに口にして、苦笑した。

「危険なのは、闇夜の蝶とか、そういうのじゃない。それに、守るって言ったのは私なんだから、その点は信頼してくれていい」

「では、何が……？」

答えがわからずオフィーリアが首を傾《かし》げると、フェリクスは大きくため息をついた。

「そんなの、私に決まっているだろう」

「……？」

(フェリクス様が危険？)

すると、フェリクスが不敵な笑みを浮かべてオフィーリアを見た。

「…………えっ⁉」

一瞬、意味のわからなかったオフィーリアだったが——理解した瞬間ぽんと顔を赤くさせる。

だってまさか、そんなことを言われるとは思ってもみなかったから。

「まったく。せめてもう少し、私に愛されている自覚を持ってくれないと困る」

「……っ‼」

「耳まで真《ま》っ赤《か》にして……これでよく、夜に私と散歩するなんて言えたものだ」

すっかり、楽しそうに笑うフェリクスのペースになってしまった。

オフィーリアはといえば、口をぱくぱくさせて何も言えなくなってしまっている。

「今日は予定があるから、そうだな……明日の——」

「おはようございます！　フェリクス様、オフィーリア様！」

フェリクスが散歩の日程を決めようと口にした瞬間、ほわほわした声が聞こえてきた。

朝から元気いっぱいで、とても嬉しそうだ。

「ああ、アリシア嬢か。おはよう」

「……おはようございます、アリシア様」

にこやかに社交辞令の笑みを浮かべるフェリクスと、どうにか冷静を装《よそお》い朝の挨拶《あいさつ》をするオフィーリア。

対照的な二人を見て、アリシアは不思議そうに首を傾げる。

けれど、すぐに違う話題を口にした。

「オフィーリア様、聞きましたよ！　昨日のこ・と！」

「昨日のこと……？」

突然話を振ってきたアリシアに、オフィーリアはいったいなんのことだろうと首を傾げる。だって、特に話題になるようなことはなかったはずだ。

唯一《ゆいいつ》あるとすれば、黒薔薇を持っていたことだろうか。

(でも、そのときはアリシア様も一緒だったし)

オフィーリアが困惑していると、アリシアはにやけた口元を隠《かく》すように手を当てて、「エルヴィン様のことです！」と告げた。

ああ、手当てしてあげたことをエルヴィンがアリシアに話したのかもしれない。オフィーリアはそう思ったのだが、そうではなかった。

「昨日の放課後、お二人で鍛錬場にいらしたそうですね。ふふっ、オフィーリア様ったら、なかなかやりますね！」

「………………」

アリシアの言葉に、思わず絶句してしまった。

これでは、オフィーリアがエルヴィンと逢引《あいびき》していたと言っているようなものだ。ただお礼を言って、怪我の治療をしただけなのに。

オフィーリアはすぐに弁解しようとするも——エルヴィンが隠していた怪我のことを、自分がここで言ってしまっていいのだろうかと悩む。

（もしかしたら、エルヴィン様の立場を悪くしてしまうかもしれない）

それは、オフィーリアの本意ではない。

かといって、弁明しなければフェリクスが自分とエルヴィンのことを誤解してしまうかもしれない。

「オフィーリア、そんなに難しい顔をしないで」

どうすればいいかと困っているのを助けてくれたのは、フェリクス本人だった。

「あ……」

言葉に困っていたオフィーリアを、フェリクスが優しくフォローしてくれる。その笑顔には大丈夫だよと書いてあるようで、ほっと胸を撫でおろす。

「わたくしが持っていた薔薇を褒めてくださったので、お礼を伝えていただけなんです。ちょうど鍛錬が終わったところだったので、エルヴィン様しかいらっしゃらなくて」

「薔薇を？」

「庭師見習いのイオに、いただいたんです。とても綺麗な、黒の薔薇なんですよ」

フェリクスが「そうだったの」と優しく微笑んでくれた。どうやら、自分の婚約者がほかの男性と逢引していたとは思わなかったようだ。

（よかった……）

「黒薔薇はあまり見る機会がないからね。学園に咲いているの？」

「はい。鍛練場の横で育てているので、案内していただいたんです」

だから決して、自分からエルヴィンに近づいたわけではないのだ。

「なら、散歩のときにその場所へ案内してくれないか？　一緒に黒薔薇を見たいな。今日は先生に所用を頼《たの》まれているから……明日の放課後はどう？」

「もちろんです」

すぐに快諾《かいだく》し、事なきを得る。

フェリクスの後ろではアリシアが悔《くや》しそうな顔をしているが、オフィーリアは見なかったことにした。


翌日。

ホームルームが終わると、すぐにフェリクスが話しかけてきた。

約束した、庭園の散歩をするためだ。フェリクスお勧《すす》めの花を見てから、黒い薔薇を観《かん》賞《しょう》する予定になっている。

「行こうか、オフィーリア」

「はい」

「…………」

オフィーリアがエスコートの腕を差し出されるのを待っていると、なぜかフェリクスがじっと見つめてきた。

「フェリクス様？」

もしかして、何か用事があったことを思い出したのだろうか？　そう思っていたら、フェリクスが照れたような笑みを浮かべた。

「いや、最近はゆっくり二人で出かけることがなかったから。久しぶりのデートだね」

「……っ！」

デートという言葉に、オフィーリアの胸がドキリと音を立てる。そんなストレートに言われたら、意識するなという方が無理だ。

「お手をどうぞ」

フェリクスがエスコートの姿勢をとってくれたので、オフィーリアは照れながらもその腕を取る。

「よろしくお願いいたします、フェリクス様」

そんな初々《ういうい》しいやり取りをして、さっそく庭園へやってきた。

色とりどりの花が咲き、美しい。

イオが丹精《たんせい》込めて育てているということが、よくわかる。

「黒薔薇は鍛練場のところだったか」

「そうです。ご案内しますね、フェリクス様」

「ああ」

フェリクスにエスコートされながら、ゆっくり歩いて黒薔薇が植わっているところまでやってきた。

ちょうど、イオが水をやっているところだった。

「フェリクス様、彼が庭師見習いのイオですわ」

「黒薔薇を育てている子か。熱心に働いていて、偉《えら》いな」

「はい」

イオはオフィーリアとフェリクスが来たことに気づいたようで、すぐに腰を折り挨拶してくれた。

「王太子殿下《でんか》に、オフィーリア様。こんにちは」

「仕事に励《はげ》んでいるようだな。しっかり手入れをしてくれて、ありがとう」

「もったいないお言葉をありがとうございます」

フェリクスの言葉を聞いて、イオが嬉しそうに笑う。

「今日はフェリクス様と黒薔薇を見に来たのよ」

「そうだったんですね。どうぞゆっくりご覧ください」

オフィーリアの言葉を聞いて、イオは邪魔にならないよう一歩下がった。自然に配慮《はいりょ》ができて、気の利《き》く子だなとオフィーリアは思う。

「ありがとう」

お礼を言って、オフィーリアはフェリクスと二人で黒薔薇を観賞する。

しっとりとしたビロードのような美しさは、何度見ても不思議な感じだ。

吸《す》い込《こ》まれてしまうような魅力を考えると、貴族の令嬢たちからあまり評判がよくないことがとても勿体《もったい》なく思う。

フェリクスも興味深そうに眺めていて、「綺麗だね」と微笑む。

「黒だからという理由で避《さ》けてしまうのは、もったいないですね」

「そうだね。でも、どうにも悪いイメージが拭《ぬぐ》えないみたいだ」

そのくせ、黒真珠《しんじゅ》などは美しいと愛《め》でるのだから不思議なものだ。

けれど、フェリクスが黒を嫌いじゃなくてよかったなと思う。だって黒は、悪役令嬢のイメージがあるから。

黒薔薇の横に立っていると、ふいにフェリクスが頬へ触《ふ》れてきた。

「オフィーリアは黒薔薇も似合うね。なんだかいつもと雰囲気《ふんいき》が違って、ドキドキする」

「――っ！」

どこか艶《あで》やかに微笑むフェリクスに、オフィーリアは息を呑《の》む。いつもと違う雰囲気なのは、フェリクスだって同じだ。

「こんなに可愛いなら、黒薔薇も贈《おく》ればよかった」

「フェリクス様……」

ほんの少し触れられただけなのに、どうしようもないくらい意識してしまう。きっと昨日、もっとフェリクス自身に気をつけるように言われたからだ。

さらには、先ほど言われたデートという言葉が再びオフィーリアの脳内に浮かんでくる。

そう、これはデートなのだ。

(こんな甘い雰囲気、どうしたらいいの？)

まるで恋愛小説の主人公にでもなった気分だ。

「私の隣《となり》にいてくれるのが、オフィーリアでよかった」

そう言ったフェリクスは、どこか寂《さび》しげにも見えた。

もしかしたら、ここのところあまり一緒にいる時間が取れていなかったからかもしれない。そう思ったのだが、フェリクスは少し疲れた様子で。

「最近はどうにもタイミングが悪くてね。先生から用事を頼まれることが多いし、アリシ——いや、闇夜の蝶の出現の報告数も増えていてね」

どうにも心休まらないのだと、フェリクスが言う。

フェリクスがアリシアの名前を言いかけたのを聞き、一緒に闇夜の蝶を倒しに行っているのだろうと予想する。

「闇夜の蝶が多くいると、落ち着きませんね。……もしよければ、今度一緒にお茶をしましょう。美味しいハーブティーがあるんです」

「本当？　それは嬉しいな」

オフィーリアの提案に、フェリクスが嬉しそうに微笑んだ。

(少しでも心労が軽くなってくれたらいいんだけど……)

「オフィーリアの淹れるハーブティーはどれも美味しくて好きなんだ。それに……」

「それに？」

まだ何か理由があるだろうか？　そう考えていると、フェリクスがとびきり甘い笑みを見せた。

「そのときは、隣に必ずオフィーリアがいるからね」

格別だと、フェリクスが言う。

(ああもうっ!)

不意打ちでなんてことをと、オフィーリアは自分の顔を手で隠す。間違いなく真っ赤になっているし、穴があったら入りたい。

「オフィーリアはいつも毅然《きぜん》としていて美しいけど、こういう素直なところは可愛いね」

「～～～っ!」

優しく頭を撫でられて、抱《だ》き寄せられてしまう。その仕草にきゅんとして、何も言えなくなる。

これじゃあまるで、すでに悪役令嬢ルートに入ってしまっているのではと、そう思ってしまうほどで。

今の段階でこうなのに、悪役令嬢ルートになったらいったいどうなってしまうのだろう。

(わたくしの心臓、持つかしら)

同時に、疑問が脳裏に浮かぶ。

(どうしてフェリクス様は、好感度を上げているアリシア様よりも、わたくしによくしてくれるのかしら)

「フェリクス様、もう……」

そしてふと、イオが少し離れたところにある花壇の手入れをしていることに気づく。まだなんの花も植わっていない、まっさらな花壇だ。

　フェリクスも、オフィーリアの視線に気づいたようだ。

「ちょうど植《う》え替《か》えの時期みたいだね」

「チューリップを植えるみたいですね」

　イオの横には、チューリップの苗が置かれていた。蕾《つぼみ》が付いているものもあるので、植えれば数日中には美しい花を咲かせてくれるだろう。

「見にいってみようか」

「はい」

　二人でイオの下へ行くと、イオはすぐに立ち上がって「どうなさいましたか？」と対応してくれた。

　仕事の邪魔をするかたちになってしまったのに、嫌な顔一つしない。

「お仕事中にごめんなさいね、イオ。花の植え替えが気になって、見に来てしまったの」

「植え替えが、ですか？」

　咲いている花を愛でるならばわかるが、植え替え作業が気になるなんて不思議な人だとイオは思っているようだ。

　だから油断したのかもしれない。ぽろりと言葉が出てしまった。

「オフィーリア様も植えてみますか？」

すぐさまイオは、貴族相手になんということを言ってしまったのだと目を見開いて口を押さえた。

「もっ、申し訳ありません……っ！」

慌《あわ》てて謝《あやま》ったイオに、オフィーリアとフェリクスは顔を見合わせる。別に、こんなことで怒るほど器《うつわ》の小さな人間ではない。

「気にしていない」

それどころか、フェリクスは続けて「楽しそうだ」と言った。

「咲いている花を見るばかりで、自分で植えたことはないからね。経験してみるのもいいと思わないかい？　オフィーリア」

「そうですわね」

オフィーリアは頷き、疲れているときこそ植物と触れ合い癒《いや》されるのはいいことだと思う。

「お願いしてもいいかしら」

「え、本当に……？　あっ、もちろんです‼」

イオが恐縮《きようしゆく》しつつ、作業の説明をしてくれた。

「ちょうど土を整え終わったところなので、穴にチューリップの苗を入れて優しく土をかぶせます」

「それなら私たちでもできそうだ」

嬉しそうなフェリクスが、さっそくチューリップの苗を手に取った。

花壇の前にしゃがみ、イオが植えるために開けておいた穴へチューリップの苗を入れ、シャベルで優しく土をかぶせた。

「お上手です！」

フェリクスの手つきを見て、イオが拍手《はくしゅ》をして褒めてくれる。

「そう？　ちゃんとできたのなら、よかった」

「きっと綺麗なチューリップが咲きますね。今から楽しみ」

「そのときはまた、一緒に見に来よう」

「はい」

フェリクスはもう一つの苗を手に取って、オフィーリアに「やってごらん」と渡《わた》す。

（土いじりなんて、いつぶりだろう……）

オフィーリアもフェリクスと同じようにチューリップを穴に入れて、土をかぶせる。ちょっとした作業なのだが、新鮮《しんせん》で、とても楽しい。

「ふふ、綺麗に咲いてね」

「私たちが植えた花が並ぶのは、いいね」

「はい」

微笑ましく話すオフィーリアたちを見たイオが、「赤色のチューリップが咲きますよ」と教えてくれる。

「赤……フェリクス様の色ですね」

「それはいいな。オフィーリアを、私の色に染めた気分になれる」

「……っ、もう。フェリクス様、あまり恥《は》ずかしいことは言わないで……」

オフィーリアは顔を真っ赤にして、体を小さくする。こんなことばかり言われ続けたら、いつか心臓が爆発《ばくはつ》してしまいそうだ。

そんなオフィーリアを見ているフェリクスは、とても楽しそうで。

「せっかくだから、ティータイムにしようか。イオ、教えてくれた礼だ。同席することを許そう」

「あ、ありがとうございます。光栄ですっ！」

オフィーリアが赤くなっている間に、三人でお茶をすることになっていた。


ティーセットを用意するのは、オフィーリアの仕事だ。

(フェリクス様にハーブティーを淹れてあげる約束もしてたし……)

お気に入りのハーブを準備して、セッティングする。今日は、レモングラスティー。すっきりして、飲みやすい。

もちろん、フェリクスの好きなレモンゼリーを用意することも忘れない。

イオは甘いものが好きそうだったので、今日はマカロンを準備してみた。

（うん、バッチリ！）

「うわ、すごい……っと、失礼いたしました」

準備されたティーセットを見て、思わず素直な感想を口にしてしまったイオが慌てて口を押さえる。

「だから、別に態度を咎《とが》めるようなことはしないと言っただろう」

「お礼なんだから、遠慮しないで？」

「ありがとうございます、フェリクス殿下、オフィーリア様」

イオは笑顔を見せて、マカロンを手に取った。まじまじ不思議そうに見ているので、きっと初めて食べるのだろう。

「……甘い！　それに、柔《やわ》らかいです」

どうやらマカロンを気に入ってくれたようで、イオは二つ目に手を伸ばした。その様子が微笑ましくて、「たくさん食べて」と勧めてしまう。

「フェリクス様には、レモンゼリーですね」

オフィーリアは小さなカップに入った黄色いゼリーを用意して、フェリクスに手渡す。

「ありがとう。……うん、美味しい。オフィーリアが淹れてくれたレモングラスティーともよく合うね」

幸せそうな笑みを浮かべるフェリクスに、同じように幸せな気分になる。好きなものを一緒に食べられるというのは、いいことだ。

イオにもレモンゼリーを手渡して、はたと気づく。これも、お菓子をあげて仲良くなるということに含《ふく》まれる行為《こうい》だ。

気にしていなかったけれど、うっかり悪役令嬢ルートにまた一歩近づいていたらしい。

（……ラッキーと思っておきましょう）

予期せぬこともおこりつつ、久しぶりのデートは穏《おだ》やかに過ぎていった。

第四章　断罪イベントへの招待状

週に二回ある、学園が休みの日の朝。

こんなときは二度寝《ね》をしてしまおうと、オフィーリアは一度起きるも再びベッドの中へ潜《もぐ》り込《こ》む。

（ああ、これぞ幸せ……）

そう思いながら目を閉じると、コンコンコンとノックの音が響《ひび》いた。

「オフィーリア様、フェリクス様からお茶会の招待状が届きました！」

「……？」

カリンの声を聞き、オフィーリアは目を擦《こす》りつつ起き上がる。

お茶会の予定なんて聞いていないけれど……と思いながらドアを開けた。

「おはようございます」

「ええ、おはよう。フェリクス様からはなんのお話も聞いていないわ」

いつもなら、事前にお茶会や夜会の予定を話してくれる。

不思議に思いつつ招待状を受け取って、オフィーリアは目を見開いた。

「え、これって……」

思わず二度見どころか三度見してしまった。

それだけ驚《おどろ》いたのだ。

呆然《ぼうぜん》としているオフィーリアを見て、カリンは「ひとまず、先に朝のお支度《したく》をしてしまいましょう」と手紙をテーブルの上に置いた。


オフィーリアの髪《かみ》を軽くまとめ、洗面の用意をする。

ぬるま湯にあわあわの洗顔料と、化粧《けしょう》用品。主人の美しさを維持《いじ》するのは、侍女《じじょ》のとても大切なお役目だ。

洗面が済むと、落ち着いたドレスへ着替《きか》える。今日は外出の予定はないので、ゆっくり部屋で過ごせるラフなものだ。

最後に綺麗《きれい》に髪を結《ゆ》いあげれば、支度は完了《かんりょう》。

「わたくしは朝食のご用意をしてまいりますね」

「ええ、お願いするわ」

オフィーリアはソファへ座《すわ》り、先ほどの招待状を手に取る。

表面にはオフィーリアの名前が書かれており、裏にはフェリクスの封蠟《ふうろう》がほどこされている。間違《まちが》いなく、本物だ。

「…………」

開けるのが怖《こわ》い。

「はぁ……」

オフィーリアは、この招待状に見覚えがあった。

金色の模様が入った上品な封筒《ふうとう》は、ゲーム画面で何度も見た。

そう、これは――『断罪イベント』が始まるキーアイテムだ。

「……おかしくない？」

ぽつりと、オフィーリアの口から本心がもれる。

だってまだ、学園に入学してから三ヶ月しか経《た》っていない。

だというのに断罪イベントとは、早すぎではないだろうか。普通《ふつう》のプレイヤーは、きっとそう思うはずだ。

それに……自分で言うのもあれだけれど……フェリクスとの関係は良好だ。

断罪イベントが起こる理由だって、見当たらない。いきなり婚約破棄《こんやくはき》を告げられても、こちらとしても困ってしまう。

「それとも、わたくしが何か嫌《きら》われるようなことをしてしまった？」

――いいや、それはない。ないと、思いたい。

「フェリクス様……」

断罪されて死刑《しけい》の未来よりも、フェリクスとの婚約破棄を告げられる方が怖い……と、思ってしまった。

オフィーリアはもう一度ため息をついて、「本物ね」と言葉をもらす。

ペーパーナイフで封《ふう》を切って手紙を取り出すと、明日のお茶会に招待するという内容が書かれていた。

「明日……？」

もちろん、婚約者であるオフィーリアに断るという選択肢《せんたくし》はない。

「…………」

乙女《おとめ》ゲームが現実の世界になったことによって、一番大きく変わったところがここにきて生かされている。

すなわち、一日当たりの時間の縛《しば》りだ。

ゲームでは、一日に朝、お昼、夕方、夜の四コマンドが基本だった。だから好感度を上げるにしても、それなりに時間がかかる。

しかし考えてみれば、現実となった今そんな制限は皆無《かいむ》。

「つまりヒロインは、ガンガン行こうぜ！　ばりに攻略《こうりゃく》を進めているということ……！」

どうしてもっと慎重《しんちょう》に動いてくれなかったんだと、文句を言いたくなってしまう。言ったところで、もう遅《おそ》いけれど。

（とはいえ、さすがに早すぎると思うけど……）

もしかして、何かほかにも早く攻略する方法があるのだろうか。ううーんと考えてみるが、思《おも》い浮《う》かばない。

先日花壇《かだん》を見たときは、それぞれの色の花が八本ずつ咲《さ》いていたはずだ。

「まだ黒いフリージアだって咲いてないのに……。今日も花壇を見に行こう」

オフィーリアは朝食のあと、制服に着替えて校舎裏の花壇へ向かった。

花壇には、それは見事に四色のフリージアが十本ずつ咲いていた。全部で四十本、この花壇の最大数だ。

「え、いったいいつの間に……」

フェリクスの赤色。

リアムの白色。

エルヴィンの黄色。

クラウスの紫色《むらさきいろ》。

「見事なものね……」

普通、三ヶ月ほどで咲かせられるものではないのだけれど……。どれだけ必死に、攻略対象たちと逢瀬《おうせ》を重ねていたのだろう。

本来ならば、三年生の卒業時にエンディングを迎《むか》えるはずなのに。

「はやい、はやすぎる……」

このままでは本当にお茶会で婚約破棄を告げられ、逆ハーレムルートのエンディングを迎えてしまう。

そうなると、悪役令嬢《れいじょう》であるオフィーリアの辿《たど》る道は死刑。

「フェリクス様がアリシア様と結ばれるのを見て、その後に死刑？」

いったいどんな罰《ばつ》なのか。

(何も、悪いことはしていないんだけどなぁ)

確かに、アリシアがいるからか、フェリクスと二人切りでいる時間は減ったと思う。加えて、フェリクスの所用などでタイミングが合わないこともあった。

「もしかして、わたくしよりもアリシア様と一緒《いっしょ》にいる時間の方が長かった……？」

そのせいで、アリシアに対する好感度がこんなにも上がってしまったんだろうか。ぎゅっと、悔《くや》しさから唇《くちびる》を噛《か》みしめる。

オフィーリアがどんよりした気持ちで花壇を見つめていると、「どうしたんですか？」と声をかけられた。

振《ふ》り返《かえ》ると、ジョウロを手にしたイオがいた。どうやら、フリージアのお世話をするために来たようだ。

元気のないオフィーリアを心配してくれている。

（いい子だ……）

オフィーリアはどうしたものかと思いつつ、けれど断罪イベントまであとわずかな時間しかなく……打てる手立ては何もない。

力なく、「大丈夫《だいじょうぶ》よ」と言うのが精いっぱいだ。

「オフィーリア様……。あ、もしかして黒色のフリージアが見たいんですか？」

「え……」

確かにその通りだが、黒色のフリージアは幻のような存在。そう言ったのは、イオだったはずだ。

（運営からのメールがあったから、何かしらの方法はあるんだろうけど……）

「……オフィーリア様、黒色の薔薇《ばら》がとてもお似合いでしたから。きっと、黒色のフリージアも似合うんだろうなあって、そう思ったんです」

そう言ったイオは、神妙《しんみょう》な顔をして「実は……」と話を続ける。

「黒色のフリージアは本当にないのか、調べていたんです」

「えっ⁉」

まさかここに来て、そんな急展開が起こるなんて——と、オフィーリアは目を見開いた。

自分の未来に、希望の光が差そうとしている。

「ただ、黒色のフリージアはとても珍《めずら》しいもののようで。正直、僕《ぼく》程度が手に入れられるか……」

そう言って、申し訳なさそうにする。

たとえ不可能だったとしても、オフィーリアはイオの気持ちが嬉《うれ》しかった。

「ありがとう、イオ。その気持ちだけで、十分よ」

「……僕の育てた黒色の薔薇を褒《ほ》めてもらえて、すごく嬉しかったんです。それに、甘《あま》いお菓子《かし》だって初めて食べました」

だから、お返しに贈《おく》ることができたらよかったのに——と。

表情を曇《くも》らせてしまったイオを見て、オフィーリアは逆に申し訳なくなる。

いくら運営から知らせてもらった裏コマンドだったとしても、イオはこうして生きている一人の人間なのだから。

ゲームのプログラムのように考えるなんて、オフィーリアにはできなかった。

「ねえ、イオ。お茶に付き合ってくれない？」

「え？　ええと、僕でいいのなら……」

「決まりね！」

二人は場所を移し、何度かお茶をした中庭のテーブルへやってきた。

今日のオフィーリアお勧《すす》めハーブティーは、ルイボスティー。それから、お菓子はスコーンを用意した。生クリームと苺《いちご》ジャムが添《そ》えてある。

「わあ、美味《おい》しそうです！」

「好きなだけ食べてちょうだい」

「はいっ！　ありがとうございます、オフィーリア様！」

イオがスコーンに手をのばして、リスのように頰張《ほおば》る。その姿を見ると、小動物を餌付《えづ》けしているようだと思う。

まったりしたお茶の席ということもあり、少しだけ荒《すさ》んでいたオフィーリアの心が回復していく。

（美味しそうに食べてくれるのは、嬉しいなぁ）

イオの姿を見ていると、子ども時代のフェリクスのことを思い出した。

オフィーリアが用意したレモンゼリーをいつも美味しそうに食べてくれて、彼《かれ》を見ているだけで癒《いや》しの時間だった。

メイン攻略対象キャラクターということもあって、フェリクスは幼少期から人形のような美少年だったのだ。

さらに真面目《まじめ》で、優《やさ》しくて……非の打ち所のない王太子。

（そういえば、フェリクス様に喜んでほしくて、料理長に教えてもらってレモンゼリーを手作りしたこともあったなぁ）

今思い出すと、とても懐《なつ》かしい。

あの頃《ころ》から、この未来は決まっていたのだろうか。

「…………」

「……オフィーリア様？」

「あ、ごめんなさい。なんでもないの」

しんみりするのはよくないと、オフィーリアは笑顔《えがお》を作り、イオが好きな花の話題を振って残りの時間を楽しむことにした。

「はああ、美味しかったです。オフィーリア様のお菓子は、どれも絶品ですね」

「喜んでもらえてよかったわ」

ティータイムを終えると、イオが女子寮《りょう》の前まで送ると申し出てくれた。今日は学園が休みで、あまり人がいないため心配してくれたようだ。

「また、わたくしお気に入りのお菓子を持ってくるから一緒にお茶をしましょう」

「わ、ありがとうございま――っ、オフィーリア様!!」

『きゃきゃっ！』

イオが嬉しそうに礼を言っている最中に、どこからともなく闇夜《やみよ》の蝶《ちょう》が現れた。

咄嗟《とっさ》に、イオはオフィーリアのことを庇《かば》って前に出る。

「危ないわ、イオ！」

「それは僕の台詞《せりふ》です!!」

「……っ！」

（どうしよう、増えてるって言ってたのに……！　もっと注意するべきだった）

けれど、まだ夕方にもなっていない時間だ。普通は夜だから油断していたが、ゲーム後半になると昼間にも出てくるようになる。

断罪イベントの招待状が来たのだから、ゲームも早く進み後半と同じように闇夜の蝶が出てくると考えるべきだったと、オフィーリアは悔《く》やむ。

（でも、今更《いまさら》そんなことを言っても仕方ない！）

『人間ダ！』

きゃきゃっと笑い、闇夜の蝶は黒いもやを使い襲《おそ》いかかろうとしている寸前だ。

「イオ、魔法《まほう》は!?」

「使えません!!」

念のために確認《かくにん》したが、予想通りの答えが返ってきた。

オフィーリアも、イオも、戦う力はない。かといって、学園が休みなので誰《だれ》かが気づいて助けにきてくれるような状況《じょうきょう》でもない。

(詰《つ》んだ……⁉)

処刑《しょけい》ルートどころか、敵に殺されるルート⁉　なんて、思わず考えてしまう。どうでもいいことに思考がいってしまうほど、内心ではパニックに陥《おちい》っている。

「あ、でも……」

たった一つだけ、助かる可能性が思い浮かんだ。

――闇属性の使い手は、闇夜の蝶と会話ができる。

(説得して、引いてもらう……とか)

それならば、戦う力がなくともこの場を乗り切ることができるかもしれない。もちろん、失敗する可能性も高いけれど。

(でも、やるしかない！)

イオと二人揃《そろ》って殺されるよりは、全然いい。

オフィーリアはゆっくり深呼吸し、眼前の闇夜の蝶へ話しかける。

「ねえ、見逃《みのが》してはもらえないかしら」

『きゃ？　オモシロイことを言うニンゲンだ！』

闇夜の蝶はオフィーリアの言葉を理解しているようで、返事をした。

「何か望みがあれば、叶《かな》えるわ。だから……」

『ノゾミ？』

敵と取引する形になってしまうのは辛《つら》いが、これしか選択肢がない。いったいどんな望みを言われるだろうかと、オフィーリアの背中を嫌《いや》な汗《あせ》が伝う。

『ンー、なら、甘いミツの花がたくさんホシイネ！』

「え？」

そんな簡単な望みでいいのかと、アリシアは目を瞬《しばたた》かせる。

敵らしく、血をよこせだとか、できるかどうかは知らないが寿命《じゅみょう》や死後の魂《たましい》がほしいと言われるのでは……と、考えていた。

だから、闇夜の蝶の答えにほっと胸を撫《な》でおろした。

花をあげるだけで引いてもらえるのならば、安いものだ。

「甘い蜜《みつ》の花をご用意させていただきます」

『話がわかるワネ！　ふふ、嬉しい。ここの花の数倍はアマイのをよろしくネ！』

「えっ⁉」

闇夜の蝶の言葉を聞いて、嫌な汗がぶわっと全身を巡《めぐ》る。

（ここの花では、駄目《だめ》なの⁉）

正直に言って、学園に咲く花はとても品質がいい。

最高だと謳《うた》われる王城の花々も美しくはあるが、数倍甘いかと問われたら——おそらく厳しいだろう。

闇夜の蝶は、口を噤《つぐ》んでしまったオフィーリアを見て『きゃきゃきゃきゃっ！』と声をあげる。

『ナニヨ、デキナイなら——ぎゃぎゃっ！』

殺してやる！　そう言おうとしたのかもしれないが……闇夜の蝶は、オフィーリアとイオの後方から放たれた魔法によって倒《たお》されてしまった。

闇夜の蝶が消滅《しょうめつ》し、地面には黒い粉が残った。

「昼のこんな時間から、堂々と出てくるとは」

「リアム様！」

闇夜の蝶を魔法で倒してくれたのは、リアムだった。片手に本を持っているので、どこかでのんびり読むつもりだったのかもしれない。

「大丈夫か？」

「はい、ありがとうございます。わたくしもイオも戦えないので、もう駄目かと思いました……。本当にありがとうございます」

「ありがとうございます」

オフィーリアが腰《こし》を折って礼を告げると、イオもそれに倣《なら》う。ずっとオフィーリアを守るように庇ってくれていた、小さなナイトだ。

「……闇夜の蝶を倒すことは、神官の使命のようなものだ。気にする必要はない」

「それでも、わたくしはリアム様に救われましたから」

「ならば、その感謝は神殿《しんでん》へ向けるといい」

「はい」

素直《すなお》に礼を受け取らないリアムに苦笑《くしょう》していると、「行くぞ」と声をかけられた。

「こんな時間に闇夜の蝶が出たんだ。ほかにもいる可能性があるから、女子寮まで送っていこう」

「え、ですが……」

リアムの申し出に、オフィーリアは戸惑《とまど》う。

確かに常識で考えれば、闇夜の蝶が出た直後なので、神官であるリアムが安全のため付き添ってくれるということは当然の行いだといえる。

(でも、断罪イベントがあるのに)

自分を助けてくれることが、不思議に思える。

「なんだ？　フェリクス殿下《でんか》ではないことが不服か？」

「いえ、とんでもございません。ありがとうございます、リアム様」

ここは素直に頷《うなず》いておいた方がいいと決め、オフィーリアは頷く。すると、イオが闇夜の蝶がいた場所へ立った。

闇夜の蝶が消滅した際の黒い粉があり、庭の趣が損《そこ》なわれてしまっていた。

「僕はここの掃除《そうじ》をしておきますね」

「ああ」

「でも……闇夜の蝶がまた出たら危険だわ」

リアムはただ頷いただけだが、オフィーリアとしてはイオのことが心配で、はいよろしくというわけにはいかない。

「わたくしたちもここにいるから、すぐに片付けてしまいましょう？」

「ありがとうございます、オフィーリア様」

オフィーリアが提案すると、イオはすぐに箒《ほうき》などの掃除道具を持ってきた。ものの一分ほどで、すっかり綺麗になった。

（よかった、汚《よご》れが残ったりはしないのね）

一連の行動を黙《だま》って見ていたリアムは、「行くぞ」と女子寮へ向かって歩き出しはじめてしまった。

せっかちだと思いつつ、リアムの背中を見る。

「イオ、今日はありがとう。気を付けてね」

「はい。ありがとうございました、オフィーリア様」

お辞儀《じぎ》をするイオに見送られながら、オフィーリアはその場を後にした。


一日が経つのは、どうしてこんなにもあっという間なのだろうか。

——ああ、憂鬱《ゆううつ》だ。

オフィーリアはそう思わずにはいられない。

だって今日が、断罪イベントが行われる当日なのだから。

「オフィーリア様、本当にこのドレスで行かれるのですか？」

寮の自室で支度を終えつつも、カリンが本当にいいのだろうか？　と、不安そうな顔をして何度も確認してくる。

それは、オフィーリアのドレスの色が黒だからだ。

有名なデザイナーが手掛《てが》けたものだし、素材だって一級品だ。

問題があるとすれば、黒いドレスは喪《も》に服したときくらいしか着ることがない……ということだろうか。

「駄目かしら？」

悪役令嬢だし、黒のフリージアはないし、せめてドレスくらい自分の戦闘色《せんとうしょく》にしてもいいんじゃない？　と、実はこっそり作っておいたドレス。

オフィーリアがしょんぼりしつつカリンに問うと、力いっぱいの否定が返ってきた。

「黒のドレスをも着こなすオフィーリア様は、世界で一番お綺麗です!!」

「あ、ありがとう……」

予想以上の言葉に、オフィーリアは逆に恥《は》ずかしくなってしまう。

「せっかくですし、部屋に飾《かざ》ってある黒薔薇を髪にお付けいたしますか？」

「あ、それはいいわね！」

生花があると、印象も明るくなるだろう。

アップにセットしてもらった髪に黒薔薇を付け、お茶会の支度が整った。

お茶会が行われるのは、校舎裏にあるフリージアの花壇の前。

寮からそこまで歩いて移動しなければならないのだが――

（フェリクス様、いらっしゃらないわね）

いつもなら、必ずエスコートをするため迎えにきてくれる。けれど、今日はその姿が見えない。

「一人で行くしかない……か」

惨《みじ》めだけれど、こればかりはどうしようもない。

校舎裏に行く足取りが、とても重い。

とぼとぼ歩きフリージアの花壇の近くまで到着《とうちゃく》する。

（もう全員いるのかな？）

オフィーリアはすぐに姿を見せるつもりは毛頭なく、そっと校舎の陰《かげ》からお茶会がどうなっているのだろうかと覗《のぞ》いてみた。

（うわ……）

お茶会の席には、主催《しゅさい》のフェリクスをはじめ……アリシア、リアム、エルヴィン、クラウスと攻略対象者たちが大集合していた。

花壇にはそれぞれの色のフリージアが十本ずつ咲いていて、間違いなくこのあとにエンディングが流れるな……と、オフィーリアは思う。

アリシアは手作りお菓子を用意したようで、みんなに食べるように勧めている。

（これ、わたくしも行かなきゃ駄目なのかな？）

もうこのまま帰りたいと、そう思う。

「って、主催はアリシア様じゃなくてフェリクス様だもんね」

さすがに行かないわけにはいかない。

仕方なく、オフィーリアは校舎の陰から姿を出して歩き始めた。

すぐに気づいてくれたのは、フェリクスだ。

「オフィーリア、待っていたよ。さあ、座って」

「ありがとうございます、フェリクス様」

全員が席に着き、断罪イベントのお茶会が始まった。

──しかしいつものような優雅《ゆうが》さはなく、どうにもこうにもピリピリしている。きっと、これから起こるイベントのせいだろう。

当《あ》たり障《さわ》りのない会話の後、フェリクスが「実は……」と話を切り出した。

無意識のうちに、オフィーリアの体に緊張《きんちょう》が走る。

わずかに震《ふる》え、膝《ひざ》の上で組んだ手をぎゅっと握《にぎ》り込《こ》む。本当に、自分はもうここで婚約を破棄され、死刑ルートに入ってしまうのだろうか。

ただただ、そんな恐怖《きょうふ》に襲われる。

「私とオフィーリアの婚約の件で、話があるんだ」

「……っ、は、はい」

できるだけ冷静を装《よそお》いながら返事をするも、フェリクスの隣《となり》に座っているアリシアがにやにやした——勝利を確信した顔でオフィーリアのことを見ている。

「まずは、私から事の経緯《けいい》を説明しましょう」

「……そうだな。頼《たの》む、クラウス」

「はい」

クラウスは一つ咳払《せきばら》いをして、話し始めた。

「アリシア嬢《じょう》に、女神《めがみ》フリージアのお力があることがわかりました」

「女神様の……」

ゲーム通りの展開に、オフィーリアは息を呑《の》む。

フリージアの巫女《みこ》となったヒロインは、複数人との婚姻《こんいん》を許される。その相手は、決まって王族、国の中枢《ちゅうすう》を担《にな》う貴族や騎士《きし》など、権力や力を持っている人間だ。

本当なら、それだけの力を持ったヒロインは国王にだってなれる。

けれどその道は選ばず、自分を支えてくれる攻略対象者たちと結婚《けっこん》し、フリージアの巫女の力を使って闇夜の蝶たちを消滅させる役目をはたす。

今回の場合は、フェリクスが国王になり、リアムは神官として王と神殿の両方から国を支えていく。

クラウスは宰相《さいしょう》となり、エルヴィンは騎士団長になる。

まさに、最強の布陣《ふじん》といえるだろう。

「回りくどい言い方はやめましょう。オフィーリア嬢、あなたにはフェリクス様の婚約者の座を降りていただきます。そして、フェリクス様はフリージアの巫女であるアリシア様とご結婚されます。もちろん、私たち三人も」

「…………」

本当にゲーム通りの展開だ。

(悪役令嬢オフィーリアは、ここでふざけるなって癇癪《かんしゃく》を起こすのよね)

――けれど、そんなみっともない姿はフェリクスに見せたくない。

「こんなことは言いたくないのだが……」

続いて、フェリクスが口を開いた。

「……?」

「オフィーリアは、入学式のときにアリシアのペンを壊《こわ》しただろう? それをはじめ、アリシアからいろいろと問題点があげられていてね」

フェリクスは言いづらそうにしているが、そのどれもが全部、アリシアが自作自演していた〝いじめられ〟だった。

まさかここにきて、それを理由にされるなんて。

反論したとしても、フリージアの巫女となったアリシアの方が有利だろう。

闇夜の蝶が増えていることは、フェリクスたちだって知っている。この状況下で、強い力を持ったアリシアを手放すのは得策ではない。

「………………」

オフィーリアは、痛いほどに拳《こぶし》を握りしめる。自分が冷静にいられるように、と。

（こうなってしまったときは、どうするか決めていたじゃない）

断罪イベントなんて、絶対に受け入れない。

毅然《きぜん》とした態度で、婚約を破棄するならば従来の手続きをするように言おうと思っていた。

（でも、実際に目の当《ま》たりにすると……想像以上にきつい）

精神がごりごり削《けず》られていく。

こんな場所に、立っていたくない。

「……わたくしは、アリシア様を害することは決していたしておりません。本当に婚約を破棄したいというのであれば――」

正式な手続きを。

オフィーリアがそう続けようとすると、「そういえば」とリアムが口を開いた。

「昨日は、なんとも興味を惹《ひ》かれる光景でしたね」

オフィーリアにだけ聞こえるように、小さな声で。

「え……?」

何かを含《ふく》むようなリアムの言い方に、オフィーリアは眉《まゆ》をひそめる。意味が分からない、そう言おうとして――ハッとする。

(もしかして昨日、わたくしが闇夜の蝶と会話をしているところを見ていた?)

そのことを言っているのだとしたら、オフィーリアには弁明する余地はない。神殿として、許すようなことはしないだろう。

けれど、もしそうだとしたら……なぜそれを理由に断罪してこないのだろうか。

(ゲームのシナリオ通りだから?)

そこまで考え、そういえばリアムの性格は無関心だったということを思い出す。神官としての地位はあるが、別段真摯《しんし》にその取り組みをしているわけではない。

(報告はしていないのかもしれない)

そもそも、闇夜の蝶と会話が可能など……内容が重大すぎて、そう簡単に取《と》り扱《あつか》っていいものでもない。

昨日の今日なので、まだリアムだけに留《とど》められているのだろう。

（でもきっと、わたくしが反論したらフェリクス様に言いつけられてしまう……）

オフィーリアは、先ほどの言葉を飲み込み、ぐっと堪《た》える。

「まさか公爵《こうしやく》家の令嬢が、アリシア嬢にそんな酷《ひど》いことをしているとは思ってもみませんでした」

神官としても許せるものではないと、リアムは言う。

「……そうですか」

唇を噛みしめ、オフィーリアは視線をアリシアに向ける。

「大丈夫だよ、俺《おれ》たちがついてるんだからさ」

そう言ってアリシアの肩《かた》を抱《だ》いたのは、エルヴィンだ。

「みんな、ありがとう。私、一人だったらきっと……耐《た》え切れなくて、全部のことから逃《に》げてたと思う。オフィーリア様のことも、闇夜の蝶のことも」

「アリシア……」

クラウス、リアム、エルヴィンの三人がアリシアのことを庇い、「もう大丈夫だ」「気にする必要はない」「辛かったな」と口々に慰《なぐさ》めている。

「はいっ！」

アリシアは嬉しそうに破顔して、三人に抱きつく。

しかしその横で、フェリクスが辛そうな顔をしてオフィーリアのことを見ていた。

(フェリクス様?)

けれどフェリクスはゆっくり首を振って、オフィーリアの前に立った。

「私はオフィーリアとの婚約を、ここに破棄――」

そう言いかけたところで、透《す》き通《とお》るボーイソプラノが校舎裏に響いた。


「は〜、忙《いそが》しい忙しい!」


その声に、フェリクスの台詞は遮《さえぎ》られてしまった。

「……っ!?」

全員が声のする方を見ると、イオがカゴいっぱいの黒色のフリージアを持ってこちらに向かって来ているところだった。

「うそ……黒の、フリージア……」

本当にこんな自分に都合のいいルートがあるのだろうかと、半信半疑になっていた。だって自分は悪役令嬢で、フリージアの巫女の力もないから。

(用意するのは、無理だと思っていたのに)

イオはオフィーリアたちを見て、「あっ!」と声をあげた。

「すみません、お茶会の最中だったんですね。お邪魔《じゃま》にならないよう、すぐに作業を終わ

らせますから！」

そう言うと、イオはすさまじい速さで赤色、白色、黄色、紫色のフリージアを根から丁寧《ていねい》に抜き、代わりに黒色のフリージアを植え始めた。

その作業は言った通りあっという間に終わり、花壇は一瞬《いっしゅん》で黒色のフリージアで埋《う》め尽《つ》くされてしまった。

その手際《てぎわ》のよさに呆然と立ちつくすしかない。

「わ……」

花壇一面が黒に染まり、なんとも圧巻だ。

もうあきらめかけていたからこそ、この光景がとても嬉しい。しかし、嬉しくない人物もいる。

「なにこれ……意味わかんない」

いら立ったアリシアの声が、オフィーリアの耳に届く。

「ちょっと！　そこのフリージアは、私が一生懸命《いっしょうけんめい》育ててたのよ！　どうして植《う》え替《か》えちゃうの!?　……ひどいっ!!」

アリシアはあからさまに泣《な》き真似《まね》をして、すぐ植え替えるようイオに言う。けれど、イオは首を振ってオフィーリアを見た。

「お約束したんです。オフィーリア様に、黒色のフリージアをお見せすると。手に入れるのは大変だったんですけど……喜んでもらえたみたいで、よかったです」

はにかむように笑ったイオは、すぐに元々植えられていたフリージアをカゴへ入れて立ち上がる。

「この子たちをすぐに別の花壇に植えにいかないといけないので、僕はこれで失礼いたしますね。どうぞごゆっくり観賞《かんしょう》してください」

「ええ。ありがとう、イオ」

「はいっ！」

イオはぺこりとお辞儀をして、さっそうと去っていってしまった。

それを見送ったオフィーリアは、この後の展開はどうなるのだろうかと戦々恐々《せんせんきょうきょう》として振り向けずにいた。

（みんなどんな反応をするんだろう……）

悪役令嬢ルートになるということは運営のメールでわかっているけれど、みんながどんな態度になるのかはいまいちわかっていない。

ドキドキして、何度も深呼吸を繰《く》り返《かえ》す。

アリシアの喚《わめ》き声が聞こえているけれど、なんて言っているかまではわからない。

（それよりも、フェリクス様は……？）

あれだけ自分にデートだ、自分の前であまり気を抜くなと言っていたのに、婚約破棄をしようとしていた。

この世界に対するゲームの強制力は、きっとすごいものなんだろう。

——心臓が、嫌な音を立てる。

けれどそんな不安は、一瞬で吹き飛んでしまった。


「オフィーリア」


自分を呼ぶ甘く低い声と、背中に感じる温《ぬく》もり。

「——っ！　あっ、フェリクス、様？」

いつまでも振り返らずにいたら、後ろからフェリクスに抱きしめられてしまった。ぎゅっと力強く、けれど優しく。

フェリクスの腕《うで》に、緊張していた体が落ち着いていく。

ああ、でも……。

逆の意味で、緊張してしまう。

今まで、ここまで近くにフェリクスを感じたことがあっただろうか。婚約者同士ではあったけれど、触《ふ》れ合《あ》いは少なかったように思う。

でも、フェリクスに大切にされていないと感じたことは一度もなかった。

「ごめん……」

小さいけれどはっきりしたフェリクスの声に、オフィーリアは振り向こうとする。けれど、それはフェリクスに止められてしまった。

「私はオフィーリアに……オフィに、酷いことを言おうとしてしまった。どうしてあんなことを口にしたのか、自分が……恐《おそ》ろしい」

肩口に顔をうずめられ、オフィーリアもやるせない気持ちになってしまう。大切な人が、こんなにも辛い思いをしている。

「私の中にはいつもオフィがいたのに、どうしてかアリシア嬢と一緒にいることが多くなった。自分の体ではないみたいだった」

「フェリクス様……」

やはりゲームの強制力があったようだ。

「大丈夫、わたくしは何も気にしていませんから。顔を上げて、フェリクス様。お願い」

「……オフィ」

オフィーリアはゆっくり振り向いて、フェリクスのことを抱きしめる。同時に、ゲームに巻《ま》き込《こ》んでしまったことをひどく申し訳なく思う。

「涙《なみだ》なんて、男前の顔が台無しだわ」

だから泣かないでと、オフィーリアは微笑《ほほえ》む。

「うん。……でも、オフィも泣いてる」

「え？」

フェリクスに言われてはじめて、自分の頬に涙が伝っていることに気づく。安心したら、体の力が抜けてしまったようだ。

「本当ですね。わたくしったら……」

「泣き顔も可愛《かわい》いと思ってしまったのは、不謹慎《ふきんしん》かな」

そう言って、フェリクスが両手をオフィーリアの頬へと伸ばしてくる。指先で涙を拭《ぬぐ》いながら、目尻《めじり》にキスを落とす。

「あ……っ」

「ふふ、しょっぱい」

「当たり前です……」

オフィーリアとフェリクスは互《たが》いに見つめ合い、微笑んだ。

悪役令嬢オフィーリアの黒色のフリージアが咲き、めでたしめでたし。

——と、いうわけにはいかなかった。

「どういうこと!?　ねえ、フェリクス様は私と結婚してくれるんじゃないんですか？」

黒いフリージアなんて知らないと、アリシアが叫《さけ》ぶ。

「クラウス様、リアム様、エルヴィン様！　ねえ、私と結婚してくれるんでしょう？　どうして……オフィーリア様のところにいるの？」

アリシアの言葉にハッとしてオフィーリアが周りを見ると、三人が自分とフェリクスを守るような形で前に立っていた。

花壇のフリージアが黒色になったため、通常時のゲームの強制力がなくなったのだろう。

それを見て、アリシアは泣きながら地に崩《くず》れ落《お》ちた。

「だって私は……フリージアの巫女なのに」

「……そのことについては、申し訳ないと思っている」

クラウスが一歩前に出て、アリシアに謝罪の言葉を告げた。宰相の息子《むすこ》というだけあり、彼はフリージアの巫女の存在の大切さをよく理解している。

もちろん、それは王太子であるフェリクスや、神官のリアムにも言えることだ。

「ほしいのは謝罪じゃない。フリージアの巫女である私を、生涯《しょうがい》支えるという誓《ちか》いよ！」

アリシアは胸元《むなもと》をはだけさせて、そこにある女神の力の印を見せようとした。

――けれど、その胸元にはなんの印もない。

「え？」

おそらく、オフィーリアを含め、その場にいた全員の声が重なっただろう。

（フリージアの巫女になったヒロインの胸元には、フリージアの花の印が浮き出るはずなのに……どういうこと？）

アリシアが誇《ほこ》らしげに見せようとしたことを考えると、フリージアの印はちゃんとあったのだろう。

理由はわからないけれど、絶対的な事実が一つある。

ヒロイン――アリシアはもう、『フリージアの巫女』ではないということだ。

これで、アリシアの逆ハーレムルートは完全に断《た》たれた。

フリージアの巫女でなければ、攻略対象全員と結婚することはできないのだから。

クラウスが前に出て、「なるほど」と呟《つぶや》いた。

「今まで、フリージアの巫女の証《あかし》が消えたという話は聞いたことがありません。つまり、あなたは巫女であると偽《いつわ》っていたことになります」

胸元にあった印は、偽物《にせもの》だった。

――そう、クラウスは告げたのだ。

「えっ⁉　嘘《うそ》よ、クラウス様！　私の胸元には、ちゃんと女神の証があったもの‼」

「言い訳は見苦しいですよ」

「……っ！」

酷く冷たいクラウスの言葉に、アリシアは顔を青くする。

「エルヴィン様！　ねえ、エルヴィン様も見たでしょう？　私の胸元に印があること‼　触れて、確かめてくれたじゃない……っ‼」

アリシアはなりふり構っていられなくなったようで、エルヴィンに助けを求めた。けれど彼がアリシアを見る目も冷ややかなもので、助けを求めるその手を振り払う。

「女の子は大好きだし助けてあげたいけど、さすがに女神の力を偽るというのは……駄目だろう」

「そんな……エルヴィン様まで！」

フェリクスはオフィーリアの下にいて、クラウスには不正を疑われ、エルヴィンも同じように嘘はいけないのだと言った。

「フリージアの巫女だと偽るとは、神殿を敵に回すつもりだったのか？」

リアムも、冷たい目でアリシアを見た。

もうここに――アリシアの味方は、いない。

アリシアは全員の顔を見て、それを悟《さと》ったのだろう。自嘲《じちょう》じみた笑《え》みを浮かべたあとに、オフィーリアに向かって口を開いた。

「……悪役令嬢なんだから、舞台《ぶたい》に上がってこないでよ」

その言葉に、オフィーリアは顔をしかめる。

「たとえ舞台にいなかったとしても、あなたが好き勝手していいわけじゃないわ」

実際、逆ハーレムエンドになったらオフィーリアは処刑されていた。

闇夜の蝶の手引きはしていないけれど、ゲームの強制力を考えたら……そうなっていた可能性が高いだろう。

オフィーリアは、ずっと言いたかった言葉をアリシアにぶつけることにした。きっと、今を逃《のが》したら言うことができない。

「……アリシア様の振《ふ》る舞《ま》いは、ゲームを攻略し、この国の上に立つ人間として相応《ふさわ》しいものではないわ」

自分のことを大切にするのはいいが、国のことも大切にしてほしい。将来関わりを持つことになるクラスメイトの貴族の令嬢たちを、ぞんざいに扱わないでほしい。

オフィーリアは今まで感じたことを、アリシアに伝えていく。

「本当は逆ハーレムルートのことも言いたいけど、それは置いておくわ。王侯《おうこう》貴族になるつもりだったのなら、まずはその自覚を持つべきだったのよ！」

けれどアリシアに自覚があったのなら、きっと逆ハーレムエンドを選ぶようなことはしなかっただろう。

どうか伝わってと、オフィーリアは祈《いの》るような気持ちで声をあげた。

言われたアリシアはといえば、ぽかんとした顔でこちらを見ている。もしかして、理解してもらえなかっただろうか。

「何を言うのかと思ったら……」

アリシアはふふっと笑って、オフィーリアを見る。

「別にいいじゃない！　だってここは、ゲームなんだから!!」

無邪気《むじゃき》な笑顔を見せたアリシアに、オフィーリアは一瞬で背筋が冷たくなったのを感じた。

――何を言っているのだ、と。

「ここは『Freesia』の世界で、私はヒロイン。大好きなキャラ全員と結ばれるのは、当然じゃないですか？　楽しまなきゃ！」

「でも、アリシア様の言葉で傷ついた方だっていたはずよ」

「やだぁ、オフィーリア様ったら。みーんな、ゲームのキャラですよ？」

「な……っ」

本気で言っているんですか？　と、アリシアが首を傾《かし》げる。

「そんなの……当たり前よ！　フェリクス様だって、クラスメイトだって、みんな一人の人間として生きているのよ」

「うーん……」

オフィーリアが必死で言葉を投げかけるも、アリシアにはこれっぽっちも響いていないようだ。

不思議そうにしている。

「──あ」

「？」

声をあげたアリシアが、突然《とつぜん》光魔法をオフィーリアに向けて放って来た。まばゆい光を見て、オフィーリアは咄嗟に自分の体を抱きしめて庇う。

フェリクスは守るようにオフィーリアの体を抱き寄せ、エルヴィンは剣《けん》を抜いてアリシアを睨《にら》みつけた。

『ぎゃっ！』

「……っ!?」

同時に、後ろから闇夜の蝶の声が聞こえてきた。見ると、アリシアの光魔法で綺麗に消滅させられていた。

「あはは、当てられると思いました？　でもまあ、死んでもゲームだから生き返るんじゃないですか？　ニューゲームになるかもしれないですけど」

「あなた、何を言って……」

「だから、フェリクス様たちとも強い闇夜の蝶を倒してたんですよね。ほら、その方が好感度の上がりも早いじゃないですか」

命の危険は高いかもしれないが、得られる成果も大きかったとアリシアは言う。

死んだら終わりに決まっているのに、無限に命があるとでも思っていることがオフィーリアには信じられなかった。

そんなこと、ありえるはずはないのに。

いや、検証する術《すべ》がないのだから、これに関してはオフィーリアも絶対とは言い切れない。

――だけど。

「命が大事なことくらい、子どもだって知っているわ！」

パシンと、痛々しい音が響き渡った。

オフィーリアが、アリシアの頬を平手打ちしたのだ。

「え……」

叩《たた》かれたアリシアは何度も目を瞬かせて、オフィーリアのことを見ている。さすがに、手を出されるとは思っていなかったのだろう。

「好感度を早く上げるために、フェリクス様たちの命を危険にさらしていたというの？ そんなこと、許されるわけがないじゃない！ これはゲームじゃなくて現実で、本当に起こっていることなのよ!!」

「………………」

しかし、オフィーリアが何を言ってもアリシアは言い返してこない。二人の間に、沈黙《ちんもく》が落ちる。

（アリシア様には、伝わらないのかしら）

自分も含め、彼らはキャラクターという、ゲームの中の無機物ではないはずなのに。

アリシアはゆっくり自分の頬に手を当てて、目を瞬かせる。

「……ゲームなのに、痛い」

「え……っ？」

今度はオフィーリアが、言葉を失った。

（ここを、本当の本当にゲームだと思っていたの？）

だから悪役令嬢であるオフィーリアが死刑にされるルートでも、簡単に選んだというのだろうか。

「痛い……痛いよ……っ」

アリシアは足元から崩れ落ちて、大きな瞳《ひとみ》からは涙が零《こぼ》れ落《お》ちる。いつもの嘘泣きではなく、本当に、心からもう駄目だと思ったのだろう。

（……かける言葉がみつからない）

オフィーリアが呆然とアリシアを見ていると、「大丈夫」とフェリクスが優しく抱きしめてくれた。

「クラウス、アリシア嬢のことは任せていいか？」

「はい。真偽《しんぎ》のほどを確認したのち、処罰《しょばつ》が決まるでしょう。それまでは、王城で軟禁《なんきん》いたします」

「ああ、それでいい」

フェリクスはすぐクラウスの言葉に頷いて、了承《りょうしょう》した。

いた。


フェリクス主催の『悪役令嬢断罪イベントお茶会』の翌日。

オフィーリアが学園に登校するため寮を出ると、全員が揃って女子寮の門の前で待っていた。

フェリクスを筆頭に、クラウス、リアム、エルヴィンが一緒だ。

「おはようオフィ」

「おはようございます、フェリクス様。それに、みな様も……」

オフィーリアが視線を巡らせると、クラウスとリアムとエルヴィンがオフィーリアの下へやってきて、跪《ひざまず》いた。

「えっ!? クラウス様、リアム様、エルヴィン様!?」

三人はそのままオフィーリアの手を取って、その甲《こう》へと順に口づけた。

「昨日のお茶会では失礼なことを言ってしまい、申し訳ありません。また、一緒に本の話をしてくださいますか？」

——と、クラウス。

「私の女神は、あなただったようだ。……あのことは私とオフィだけの秘密にするから、安心するといい」

——と、リアム。

「俺は、またオフィに怪我《けが》の手当てをしてほしい。あんな風に自分の弱さを見せたのは、初めてかもしれない」

——と、エルヴィン。

そう言った三人の瞳は真剣《しんけん》で、オフィーリアのことだけを映している。リアムだけはどこか楽しそうだけれど——これではまるで、忠誠を誓う騎士のようだ。

困ったオフィーリアが助けを求めるようにフェリクスを見ると、苦笑されてしまった。

「オフィの騎士は私だけで十分なんだけどね」

けれどと、フェリクスは言葉を続ける。

「まだ、闇夜の蝶が多く出現しているんだ。だから、オフィの周りはできるだけ安全なようにしたいんだよね」

つまり、この三人は護衛でもあるということ。

でなければ、オフィーリアにこんな態度を取ることを許しはしない。こう見えて、フェリクスは独占欲《どくせんよく》がとても強いのだ。

「……わたくしはフェリクス様の婚約者です。学園を卒業したあとは、隣に立っても恥ずかしくない女でいられるよう努めたいと思っています」

オフィーリアが告げると、全員がその声に耳を澄《す》ます。

「ですから、ともにフェリクス様の力になりましょう」

「「「そのお心のままに」」」

三人は一瞬の戸惑いもなく、オフィーリアとともにフェリクスのための力になることを誓った。

「それじゃあ、学園に行きましょうか」

「はい」

「そうしよう」

「さ、エスコートするよ」

オフィーリアが声をかけたら、クラウス、リアム、エルヴィンの三人がエスコート役を買って出てしまった。

（おっと……）

どうしようと困っていると、横にいたフェリクスがオフィーリアの腰を引き寄せて歩き出してしまった。

「きゃっ」

「無理やりでごめんね。でも、オフィのエスコート役だけはどうしても譲《ゆず》れないから」

そう言って、フェリクスはぽかんとしている三人を見て笑う。

「彼女《かのじょ》は私の婚約者だからね。護衛は許しても、君たちに譲るつもりは毛頭ないよ」

「私は勉強ばかりで、婚約のことはあまり考えていなかったからな……」

「どうして私はもっと早くオフィの存在を知らなかったのか」

「俺も、夜会でもっと話をしておけばよかった……」

三人とも過去の自分の行動を悔いているようだ。

さすがに、王太子殿下の婚約者を奪《うば》ってはいけないことはわかっているらしい。

しかしアプローチして仲良くなるくらいは自由だ。そう思いながらも、三人はオフィーリアとフェリクスから少し距離《きょり》を空けて歩いた。

オフィーリアはフェリクスと二人で歩きながら、昨日のことの顛末《てんまつ》を聞いていた。

「アリシア嬢は取り調べを行ったけれど、まだ学生ということもあって三ヶ月の謹慎処分ということになったよ」

「そうなんですか」

思っていたより軽い刑《けい》だが、三ヶ月の謹慎が付いてしまったら……将来性はもうほとんどないだろう。

せっかく学園に入学できたのに、卒業後の進路はほとんど断たれてしまったはずだ。間違っても、王城勤めは無理だろう。

フリージアの巫女ではなくなってしまったので、平民のアリシアは王族どころか貴族に嫁《とつ》ぐことも難しいはずだ。

（これを機に改心してくれたらいいんだけど……）

そう簡単にいけば苦労はしない。

けれど、もしかしたら……もしかしたら改心してくれるかもしれない。今はその可能性に賭《か》けるしかないだろう。

「はあ、それにしても……どうして私はアリシア嬢の言い分を信じてしまったんだ。事実に関係なく、私はオフィの味方なのに」

「そのお気持ちだけで十分です、フェリクス様」

「ありがとう、オフィ。そう言ってもらえると救われるけど、どうにも悔しい」

どうやらフェリクスは、自責の念に駆られているみたいだ。

「でしたら、また一緒に花を植えませんか？」

「花を？」

「はい。今度は花壇ではなく鉢植《はちう》えにして、お互いにプレゼントしあうんです」

そうすれば、寮の部屋に飾ることができる。

少し恥ずかしい提案だったかもしれないとオフィーリアは思うが、フェリクスはぱっと顔をほころばせた。

「いいね、それ。オフィはどんな花でも似合うから、植える花を考えるだけでも楽しい」

「フェリクス様ったら、大袈裟《おおげさ》だわ」

でも、確かにフェリクスに似合う花はなんだろうと考えるだけでとても楽しい。

彼のイメージカラーの赤はもちろん似合うが、高貴な白も似合う。好物のレモンゼリーにちなんで、黄色い花でもいいかもしれない。

それか、もしくは……。

(わたくしの髪と同じ、青?)

そこまで考えて、顔が熱くなるのを感じる。

さすがにそれでは、フェリクスは自分のものだという主張が激しすぎる。

けれど、フェリクスも同じことを考えていたようだ。

「ああ、そうだ。私の色の、赤のフリージアにしようかな。そうすれば、いつもオフィに私のことを考えていてもらえそうな気がする」

「――――!」

「どうかな？」

隣からオフィーリアの顔を覗き込みながら聞いてくるフェリクスに、どんどん心臓の音が早くなっていく。

どうしようもなく、胸の高鳴りが止まらない。

（今までよりも、距離が近くなった気がする）

それは決して嫌ではないし嬉しいのだが、どうにも緊張してしまう。ああ、将来はこの人と結婚するんだ——そう思うと、どうにも落ち着かなくなる。

「あ。……もう校舎についてしまった。もっとオフィと話していたかったのに」

そう言って微笑んだフェリクスの笑顔は、オフィーリアのことだけを見つめていた。

「カリン！　カリーン!!」

オフィーリアは授業が終わると、一目散に寮へと戻った。そして自分の侍女に飛びついて、「どうしよう!!」と叫んだ。

「オフィーリア様!?　いったい何があったんですか……!?」

泣いてはいないことに安堵《あんど》しつつ、カリンはオフィーリアを落ち着かせてソファーへと座らせる。

そしてその顔を見て、真っ赤《まか》だ……と思った。

「フェリクス様と何があったんですか？」

「……っ!!」

ストレートなカリンの言葉に、オフィーリアは言葉に詰まる。だってまさか、最初から核心《かくしん》に迫《せま》ってくるとは思っていなかったのだ。

「ど、どうしてフェリクス様のことだとわかったの？」

「私が何年オフィーリア様の侍女をしていると思っているんですか。見ていればわかりますよ」

カリンは紅茶を淹《い》れて、「ゆっくりでいいですよ」と話すように促《うなが》してくれる。

「ありがとう。……その、フェリクス様からのアプローチがすごくて」

「アプローチ、ですか」

「そうなの」

思い出したのは、学園で過ごした時間のことだ。

「オフィ、あーんして？」

「……えっ⁉」

オフィーリアはフェリクスと中庭にランチをしに来たのだが――最初の一声が、それだったのだ。

いつもはそんなことをしてこないので、一瞬、いや数秒、オフィーリアの時がフリーズしてしまった。

「はい」

そしてぽかんと間抜《まぬ》けに口を開けてしまい、そこにから揚《あ》げを入れられてしまったわけだが……。

「美味しい？　今までで一番上手《うま》くできたと思うんだけど、どう？」

フリーズしつつも、オフィーリアはフェリクスの言葉を聞いてから揚げを噛む。

すると、冷めていながらも口中にはしっかりとした肉汁《にくじゅう》があふれ出して、濃厚《のうこう》な味と、鶏肉《とりにく》の力強さを感じることができた。

確かに、今まで食べたから揚げの中で一番美味しいかもしれない。

オフィーリアは頷いて、その美味しさをアピールする。

「よかった」

「……ん。フェリクス様の手料理が美味しすぎて、これなしでは生きていけなくなってしまいそう」

そう言うと、フェリクスはぽかんとした後に笑う。

「それはよかった。でも、その心配はいらないよ。オフィのことは、一生……いや、生まれ変わったとしても離《はな》してあげないからね」

いつでも好きなものを作ってあげる、と。

（あああっ、自分から墓穴《ぼけつ》を掘《ほ》ってしまった気がするわっ‼）

その証拠《しょうこ》に、フェリクスはにこにこだ。

「あ、そうそう」

「……？」

「了承もなくオフィって呼んじゃったけど、いいかな？　って、今更聞くのかと思うかもしれないけど」

――そう。

フェリクスは、黒色のフリージアが咲いてから、オフィーリアのことを『オフィ』と呼んでいた。

その事実に気づきつつも、考えるとなんだかとてもドキドキしてしまうのでオフィーリアは考えないようにしていた。

（だって、わたくしのことを愛称《あいしょう》で……甘い声で、呼んでくれるなんて‼）

心臓の鼓動《こどう》が早くなりすぎて、どうしたらいいかわからなくなってしまう。

婚約を結んだときもそうだったが、そのとき以上にオフィーリアの心臓は破裂《はれつ》しそうになっていた。

（好きな人に名前を呼んでもらうのが、こんなに嬉しいなんて）

「その……オフィと呼んでもらえて、嬉しかったです。だから、そのままで……」

「ありがとう、オフィ。本当はずっと、オフィって呼びたかったんだ……」

なかなかタイミングがなくて、呼ぶことができなかったとフェリクスは言う。

「……オフィ」

「はい」

「オフィ」

「はい、フェリクス様」

「嬉しいな、オフィ」

「……でも、あまり何度も呼ばれたら恥ずかしいわ」

だから必要以上に呼ばないでと言うと、フェリクスは楽しそうに「やだ」と笑う。

「もっと呼びたい。そうすれば、オフィが私のものだと周りもわかるだろう？」

「わたくしがフェリクス様の婚約者だということは、みんな知っています」

だから別に、今更周知させる必要はない。オフィーリアがそう言うと、フェリクスは「それもそうか」とはにかんだ。

「じゃあきっと、単に私がオフィは自分のものだと見せつけたいんだ。この綺麗な黒みがかった青の瞳も、コバルトブルーの髪も……全部ぜんぶ、私だけのものだ」

フェリクスの指先がオフィーリアの髪にのび、口元へ持っていき優しくキスをする。

「っ、フェリクス様⁉」

「ずっと触れたいと思っていたんだよ？　でも、止まらなくなりそうだったから自制していたんだ」

（今はいいみたいに言わないでください……っ‼）

オフィーリアが思わず後ずさると、フェリクスが同じだけ距離を詰めてくる。ベンチに座っているため、あっという間にオフィーリアの逃《に》げ場《ば》はなくなってしまう。

「ねえ、ここに触れてもいい……？」

そう言って、髪に触れていた指先がすべり、オフィーリアの唇をかすめた。


「えっ⁉　それでどうなったんですか⁉　もしかして、フェリクス様に唇を奪われてしまったんですか⁉」

カリンが食いつくように質問をしてくるので、「落ち着いて！」と慌《あわ》てて声をあげる。

とはいいつつ、思い出しただけでオフィーリアの顔は真っ赤になってしまっているのだけれど……。

カリンはそんなオフィーリアを見て、私のご主人様は世界一可愛いと思っていた。

「初キスの味はどうでしたか？」

「違《ちが》うわ、してないわよ！」

「えっ!?　どうしてですか!?　そこまで持っていったら、たとえオフィーリア様が拒《こば》んだとしても無理やりいくべきじゃないですか！　ハッ！　もしかして、フェリクス様ってば実はヘタレ……!?」

絶望に似た表情を浮かべるカリンに、オフィーリアは「そうじゃなくて！」と必死に弁明する。

「その、リアム様が来たからできなかったの……」

だから別に、オフィーリアが拒んだというわけでも、フェリクスがヘタレだったわけでもない。

「ああ、なるほど……。フェリクス様、お可哀相《かわいそう》です。オフィーリア様だって、キス……したかったですよね？」

「…………そういうことを言わないでちょうだい」

恥ずかしくてどうにかなってしまいそうだと、オフィーリアは言う。

カリンはそんなオフィーリアを見て、柔《やわ》らかな笑みを浮かべる。

「でも、オフィーリア様が元気になられてよかったです。最近は、沈《しず》んでいることが多かったですから」

「そうね。……実はアリシア様といろいろあったのだけれど、彼女は三ヶ月の謹慎になったの。だから、少し落ち着いたのかもしれないわ」

その分フェリクスがぐいぐい来ているけれど。

別に、嫌ということは一切《いっさい》ない。むしろ、次はどうなってしまうのかしら……と、ドキドキが止まらないオフィーリアだった。

第五章　赤色のフリージアの花束を君へ

　いつもフェリクスに昼食をご馳走《ちそう》になっていたオフィーリアは、お礼も兼《か》ねてディナーに誘《さそ》ってみることにした。

　とは言っても、どこかへ食べに行くわけではない。

「えっ、オフィーリア様が料理をするんですか⁉　フェリクス様のために⁉　わあぁぁ、とっても素敵《すてき》です！　もちろん協力しますよ！」

　オフィーリアの作戦を聞き、カリンが鼻息を荒《あら》くする。

「そ、そんな大それたものじゃないのよ⁉　いつものお礼にっていうだけで」

　メニューだって、比較的《ひかくてき》作りやすいものにする予定だ。

　数種類の料理と、デザートにレモンゼリーがあれば大丈夫《だいじょうぶ》だろう。

「――あ」

　脳内でメニューを考えていたら、とある一つの可能性を見つけてしまった。

「もしかして、フェリクス様がわたくしを好きでいてくれたのは……子どものころからレモンゼリーを贈《おく》っていたから？」

ゲーム内では、フェリクスに好物であるレモンゼリーをプレゼントすると好感度があがるようになっている。

もし、その仕組みがヒロイン以外にも適用されるのだとしたら……？　そこまで考えて、オフィーリアは首を振《ふ》る。

（考えたところで、結論なんて出ないもの）

それどころか、疑心暗鬼《ぎしんあんき》を生じてしまいそうだ。

（そもそも、そうだったとしたところで……フェリクス様が嬉《うれ》しそうに食べてくれるレモンゼリーをあげない、なんてできないわ）

いつも美味《おい》しそうに食べてくれるフェリクスの顔を思い出して、オフィーリアはひとり微笑《ほほえ》んだ。

いつものようにフェリクス、クラウス、リアム、エルヴィンと登校しながら……オフィーリアはいつフェリクスをディナーに誘おうか迷っていた。

そう、どうにもタイミングが摑《つか》めないのだ。

（登下校はクラウス様たちも一緒《いっしょ》だし、教室にもクラウス様がいるし……）

そしてふと、フェリクスと二人きりになる機会がほとんどないということに気づく。

となると、カリンに頼《たの》んで招待状をフェリクスに届けてもらうという手もある。けれど、せっかくなら直接誘いたい。

（ああもう、昔はこんなに悩《なや》まなかったのに！）

今と昔の決定的な違《ちが》いは、オフィーリアがフェリクスのことをどんなふうに意識しているか、という点にある。

昔は『大好きな婚約者《こんやくしゃ》』という認識《にんしき》だったが、今は『自分を意識してくれている大好きな婚約者』だということに気づいてしまった。

つまり意識しすぎて、スマートに誘うことができないのだ。


「朝から百面相か？」

「リアム様」

ころころ表情を変えていたオフィーリアが気になったらしく、リアムが話しかけてきた。

「……まさか。わたくしは公爵《こうしゃく》家の娘《むすめ》ですから、そんなに表情を変えるようなことは致《いた》しません」

淑女《しゆくじよ》たるもの、いつでも優雅《ゆうが》な笑《え》みを浮《う》かべていなければならない。でなければ、社交の場で渡《わた》り歩《ある》いていくことなんて不可能だ。

オフィーリアの返事を聞いて、リアムは笑う。

「私たちはオフィの味方なんだから、別にとりつくろったりする必要はない。ありのままの方が、見ていて楽しい」

「わたくしを愛らしい小動物か何かと勘違《かんちが》いしています？」

オフィーリアが頬《ほお》を膨《ふく》らめて怒ると、「そういうところだ」と肯定されてしまった。

「それで、何を悩んでいたんだ？」

リアムがそう言うと、フェリクス、クラウス、エルヴィンの耳がぴくりと動いた。どうやら、全員がオフィーリアとリアムの会話に興味《きようみ》津々《しんしん》のようだ。

「……………内緒《ないしよ》です」

そう言って、オフィーリアは優雅な微笑みを浮かべてみせた。

いつフェリクスを誘おうかと迷っていたオフィーリアに、チャンスが訪《おとず》れた。

それは、音楽室への移動時間。

クラウスは教師からの頼まれごとがあり、別行動をしている。つまり、今はオフィーリアとフェリクスの二人だけしかいない

（音楽室に行くまでの間に、ディナーに誘おう！）

オフィーリアは意気込《いきご》んでいたのだが、先にフェリクスから「実は」と話を振られてしまった。

「新年のパーティーなんだけど」

「学園のパーティーですね。もちろん、出席いたします」

エスコートをお願いしますね？　と可愛《かわい》くおねだりすれば、「もちろん」とフェリクスが瞳《ひとみ》を細めて微笑む。

「出席するのはもちろんなんだけれど、当初の予定では私とアリシア嬢《じょう》が歌を披露《ひろう》するという進行になっていただろう？」

「ええ。フェリクス様はもちろんですが、アリシア様の歌声も素敵でしたから」

「そのことなんだけど、アリシア嬢は現状謹慎中《きんしんちゅう》だろう？　だから、代表者からは外されたんだ」

「そうだったんですか……」

新年パーティーまでには謹慎が解《と》けるとはいえ、処罰《しょばつ》を受けたアリシアが代表になることはない。が、フェリクスの歌声を聞くだけで十分価値がある。

今から楽しみだと思っていると、フェリクスからとんでもない爆弾《ばくだん》が落とされてしまった。

「だから、一緒に歌うパートナーにオフィを指名しておいたんだ」

「…………えっ⁉」

フェリクスの言葉を理解するのに、かなり時間がかかってしまった。

「いえいえいえいえいえいえいえ⁉　いったい何をおっしゃっているのですか⁉　わたくし、歌は苦手だとあれほど……」

必死に首を振ってみるが、フェリクスは気にせず話を進めていく。

「だって、私がオフィと歌いたかったんだ」

「ですが……っ！」

「大丈夫、大丈夫。楽しく歌えたら、それでいいから」

「え、ええええぇ……」

オフィーリアは突然《とつぜん》の大役に大慌《おおあわ》てしているが、フェリクスはせっかくの舞台《ぶたい》だからオフィーリアと一緒に歌いたくてしかたなかったのだ。

「……練習しておきます」

「うん、楽しみにしてる」

フェリクスは嬉しそうに頷《うなず》いて、「そういえば」と朝の話題を出した。

「オフィ、もしかして何か言いたいことがあったんじゃない？」

自分でよければ聞くよと、フェリクスは微笑む。

（あ、今が絶好のチャンスじゃない⁉）

周囲には教師、生徒ともに人影《ひとかげ》は少ない。

「えっと……」

オフィーリアは勇気を出すために、フェリクスの制服の裾《すそ》をちょんとつまむ。

「いつもお弁当をご馳走になっているので、わたくしの手料理のディナーをご馳走したいなと思いまして。……いかがですか？」

おそるおそる尋《たず》ねると、フェリクスがばっと抱《だ》き着《つ》いてきた。

「本当⁉　嬉しいな、ありがとうオフィ。一緒に食事をできるだけでも嬉しいのに、手料理まで振《ふ》る舞《ま》ってもらえるなんて」

オフィーリアの想像以上に、フェリクスは嬉しそうだ。

誘ってよかったと思うのと同時に、どんなメニューでもてなすのがいいだろうかと……しばらく頭を悩ませた。

午前の授業が終わり、オフィーリアは昼食をとるためフェリクスに声をかけようとしたが……ちょうど同じタイミングで、教師が声をかけるところだった。

「すみません、少しお時間をいただいてもよろしいですか？」

「ええ、もちろんです」

「教師部屋で待っているので、片付けが終わったら来ていただけますか？」

「わかりました」

フェリクスは教師の言葉に一つ返事で頷き、了承《りょうしょう》した。どうやら、今日は一緒に昼食をとるのが難しそうだ。

「ごめんオフィ、ちょっと行ってくるね。お弁当を渡《わた》しておくから、先に食べていて」

「わかりました。わたくしのことはお気になさらないでください」

「できるだけ早く行けるようにするよ。オフィとの時間が減るのは、嫌《いや》なんだ」

「……っ！　は、はい」

フェリクスは優《やさ》しい笑みを浮かべ、教室を後にした。

(ああもう、どれだけわたくしをドキドキさせたら気がすむの)

これでは心臓がいくつあっても足りそうにない。

(わたくしだって、フェリクス様との時間が減るのは嫌だもの)

「……って、こんなことばかり考えていたらいけないわね」

雑念を払《はら》うように頭を振って、オフィーリアは席から立ちあがった。

オフィーリアが教室を出ようとすると、クラウスに呼び止められる。

「昼食、私がご一緒してもいいですか？」

どうやら、フェリクスとの一連のやり取りを見ていたようだ。

闇夜《やみよ》の蝶《ちょう》が頻繁《ひんぱん》に出現している件もあるので、できるだけ一緒に行動したほうがいいと考えてくれたのだろう。

オフィーリアは頷いて、けれどお弁当は自分とフェリクスの分しかないことを告げる。

「ああ、それでしたら食堂で何か軽食を用意してもらいます」

「わかりました」

中庭のベンチに到着《とうちゃく》し、クラウスは心の中でガッツポーズをし、どんな本の話をしようか考えて――

「まあ、そうなると思っていましたよ」

と、いつの間にかやってきたリアムとエルヴィンを見て呟《つぶや》いた。

「私はオフィと二人で食べようと思っていたんだ。お前たちは遠慮《えんりょ》しろ」

「それは俺《おれ》の台詞《せりふ》だって！　オフィ、こんな愛想《あいそ》のない奴《やつ》より俺の方がいいだろう？」

二人とも、オフィーリアと昼食をとるためにやって来たようだ。

しかも、手にはちゃんとお弁当を持っているところが抜け目《ぬめ》ない。いつもフェリクスと二人、中庭で食べていることを知っていたのだろう。

「ええと、全員で食べましょう。その方が楽しいわ」

「……仕方ありませんね」

クラウスはオフィーリアと二人きりの昼食はあきらめたらしく、ベンチに座《すわ》り食堂で作ってもらった軽食の包みを開ける。

中には、具がたっぷりはさまったサンドイッチが入っていた。

リアムとエルヴィンも並んでベンチに座り、お弁当を広げる。

「……オフィのお弁当、美味しそうだね」

「ありがとうございます」

リアムの言葉に礼を述べつつ、これを作ったのはフェリクスだと言ってもいいのだろうかと悩む。

たぶん、これがフェリクスの手作りだと知っているのはオフィーリアだけだ。

結局、ちょいちょい突《つ》っかかりにきていたアリシアも、ずっとオフィーリアの手作りだと思い込んでいた。

なんだか、自分とフェリクスだけの秘密みたいだ。そんなことを考えると、早くフェリクスに会いたくなってしまい困る。

オフィーリアは思考をすっきりさせようと、違う話題を振ることにした。

「……リアム様のお弁当も美味しそうですね。どなたかに作ってもらったんですか？」

「ああ、学園に連れてきている側近が作ってくれた」

「いいですね。とても愛情がこもっていると思います」

リアムのお弁当は、数種類の野菜のサラダに、ポテトフライ、ステーキ、パン、果物、ヨーグルトとバランスがいい。

きっと、リアムの身体《からだ》のことを考えて作ってくれたのだろう。

「手が込んでいてすごいな……」

逆にエルヴィンのお弁当は、パンに野菜と肉を挟《はさ》んだだけというお手軽なものだ。

「俺が連れてきている側近は、騎士《きし》見習いだからな……頼んだら、こんな料理になったんだ。明日からは、寮《りよう》か学園の食堂で頼んだ方が間違《まちが》いなさそうだ」

そう言いながらも、エルヴィンは「美味《うま》いな」と笑顔《えがお》で平らげる。

オフィーリアは昼食を楽しみながら、みんなのお弁当を観察していた。

（パンがメインで、具沢山《ぐだくさん》ね）

やはり男子学生ということもあり、食べる量は多いようだ。鍛《きた》えていたら、なおのことお腹《なか》も空くだろう。

(後はやっぱりお肉ね)

となると、ローストビーフあたりがいいかもしれない。それなら、カリンに教えてもらいながら作ることができそうだ。

オフィーリアが観察していることに気づいたクラウスが、「どうかしたのか?」と問いかけてきた。迷いつつも、オフィーリアは口を開く。

「あ……その、フェリクス様にディナーを振る舞おうと思って。どんなメニューがいいか皆《みな》さんの昼食を見て考えていたんです」

「なるほど……」

全員が瞬時《しゅんじ》に二人きりのディナーだと理解し、肩《かた》を落とす。

「まあ、オフィがフェリクス様を慕《した》ってることは知ってるからな。男ならやっぱり肉一択《にくいったく》だぜ」

そう言いながら、エルヴィンがウインクする。

しかしそれに反論したのは、クラウスだ。

「肉ばかりでは栄養が偏《かたよ》るだろう。野菜と魚をバランスよく摂《と》ることも大事だ」

(うわ、クラウス様に手料理を振る舞うことになったら大変そう……)

自分には無理だと、オフィーリアは苦笑《くしょう》する。

「別に、食べられたらそれでいい」

「リアム様、そこはもう少し興味をお持ちになってください」

せっかく素敵なお弁当を作ってくれる側近がいるのだから、もっと美味しかった、こんな味付けが好きなど、感想を言ったらいいと思う。

「別に興味がないわけじゃない。……オフィの作ったものなら、なんでも食べたいと思っただけだ」

「それはぜひ側近の方に言って差し上げてください」

「………」

オフィーリアが正直な気持ちを伝えると、なぜか全員から寂《さび》し気な瞳を向けられてしまった。

（仕方ないじゃない、私はフェリクス様一筋なんだから）

それから好きなおかずの話をして、昼休みが終わった。


三ヶ月が経《た》ち、アリシアの謹慎が解けた。

アリシアが自分を女神《めがみ》フリージアの化身《けしん》であると偽《いつわ》ったことは、あっという間に学園中に広まってしまっていた。

せっかく特待生として入学したのに、なんて愚《おろ》かなことを……と。

「みんな、おはよう！」

アリシアが元気よく教室へ入ってきても、誰《だれ》も挨拶《あいさつ》を返さない。フリージアの巫女《みこ》だなんて大それたことを言う嘘《うそ》つきとは、仲良くしたくないのだろう。

「…………」

ぐっと拳《こぶし》を握《にぎ》りしめ、アリシアは教室から出て行ってしまった。

その様子を席で見ていたオフィーリアとフェリクスの下へ、クラウスがやってきた。

「てっきり学園を辞《や》めるものだと思っていたんですが……」

「そうだね。でも、彼女《かのじょ》はああ見えてどこかしたたかだから」

フェリクスの返事を聞き、さすがにアリシアの性格が把握《はあく》され始めたのだなとオフィーリアは思う。

「ええ。オフィに接触《せっしょく》してこないようにだけ、気をつけましょう」

「私も注意するし、しばらくの間は学園の警備を強化するようにしてくれ」

「わかりました」

さすがに、そこまでする必要はないのでは……と思ったが、確かにアリシアが手段を選ばずヒロインに返り咲こうとしてきたら厄介《やっかい》だ。

（ゲームはもう終わったはずだし……あとは平和に学園生活を過ごせたらいいわね）

そして卒業した暁《あかつき》には、フェリクスとの――結婚《けっこん》。

「…………」

思わずキスをしそうになったときのことを思い出し、頬が熱くなる。

（今は教室にいるのに、そんなことを思い出したら駄目《だめ》よ！）

しばらく自分の心を落ち着かせるのが大変そうだと、オフィーリアはにやけてしまいそうになる頬を引きしめた。


それからしばらくの間、オフィーリアはフェリクスをディナーに招待する準備を整えていた。

誘ってから日数がかかっているのは、料理の練習をしていたからだ。

（さすがに、以前の腕前《うでまえ》でフェリクス様に料理を振る舞うのはよろしくないもの……）

カリンが付きっきりで鍛えてくれたかいあって、ローストビーフを作れるようになった。

ただ、実は最近……気がかりなことがある。

それは、フェリクス自身のことだ。

すれ違ってばかりで、ゆっくり過ごす時間がなかなか取れていないのだ。

（教室では会えるけど、休み時間や登下校のタイミングが合わなくなっちゃったのよね）

もちろんフェリクスが忙《いそが》しいのは知っているし、頼まれごとをされたらそちらを優先するのも当然だ。

そんな事情もあって、なかなかディナーを決行できていないのだ。

（きっと、しばらくすれば忙しいのも落ち着くわ）

それまでの辛抱《しんぼう》だと、オフィーリアは自分に言い聞かせた。


――けれど、何日待ってもフェリクスは忙しく、すれ違いの日々が続く。


オフィーリアがプリントを集めて職員室に行くと、フェリクスがいた。

聞こえてきた内容から、ちょうど用事が終わったところだとわかった。

「フェリク――」

名前を呼ぼうと手を上げたオフィーリアだったが、やってきたアリシアを見て思わず手を下ろす。

（どうしてアリシア様が……？）

見ると、とても嬉しそうにフェリクスと話をしている。

てっきり断罪イベントのお茶会で懲《こ》りたとばかり思っていたが、そうではなかったようだ。……でも、問題はそこではない。

フェリクスがにこやかにアリシアと接しているところが、オフィーリアは気になった。

（あれだけの事件を起こしたのに、こんな普通《ふつう》に接することができる？）

そんな疑問が脳裏《のうり》に浮かぶ。

「もしかして、何かあるのかな」

悪役令嬢《れいじょう》ルートのときのような、秘密の抜け道が何かあるのだろうか。その力を使って、自分とフェリクスを遠ざけているのであれば納得《なっとく》がいく。

そしてふいに、校舎裏に咲いているフリージアはどうなっているのだろうと思い立つ。

こまめに見に行って世話をしてはいるが、毎日確認《かくにん》していたわけではない。

「…………っ」

オフィーリアは急に不安に襲《おそ》われて、職員室を飛び出した。行き先はもちろん、校舎裏の花壇《かだん》だ。

目的地までやって来て、オフィーリアは目を見開いた。

「嘘……」

四十本もの黒色のフリージアが咲いていた花壇は、その色すべてがフェリクスの赤色に変わっていたのだ。

思わず後ずさると、「オフィーリア様？」と名前を呼ばれた。

「……イオ！」

「あ、この花壇……前にお世話をしていたお嬢様《じょうさま》が戻《もど》って来《き》たみたいで、フリージアを植《う》え替《か》えてしまわれたんですよ。お嬢様が植え替えたものを、僕《ぼく》が勝手に植え替えるわけにはいかなくて」

黒色のフリージアはイオが鉢《はち》に移して保管しているのだと、教えてくれた。

「そうだったのね。保管していてくれて、ありがとう」

「いえいえ。すぐにお持ちしますか？」

「ええ、お願い」

オフィーリアが頷くと、イオはすぐにこの場を後にした。

花壇一面の赤色は、オフィーリアの大好きな色だ。

(フェリクス様の色)

けれど、このまま植えておいたら……ゲームの強制力でフェリクスをアリシアに奪《うば》われてしまうかもしれない。

そんなのは、絶対に嫌だ。

(最近のすれ違いも、きっとこれが原因ね)

フェリクスの優しい笑顔をもう向けてもらえなくなるなんて、考えただけでも恐《おそ》ろしいとオフィーリアは思う。

ここにある赤色のフリージアを、申し訳ないけれど黒色に戻そうと決める。すると、ちょうどイオが戻ってきた。

「お待たせしました～！　これがオフィーリア様の黒色のフリージアですよ」

「ありがとう、イオ」

よし、さっそく植え替えよう！　そう思いオフィーリアが腕まくりをする。イオも黒のフリージアを置いて、頷く。

「せっかく手に入れた花ですから、やっぱり花壇に植えてもらえると嬉しいですよね。黒色のフリージアも、喜んでいると思います」

「そうね。……でも、よく手に入れられたわね」

「実は、リアム様が倒《たお》してくださった闇夜の蝶……あれが消滅《しょうめつ》したときに残った粉、それをほしがっていた方がいまして。交換《こうかん》してもらえたんですよ」

「え……」

まったく思ってもみなかった入手方法を告げられて、オフィーリアはなんと返事をすればいいか迷う。

(Freesiaの運営が用意したものだから、何か適当な理由でもつけられていると思っていたけど……)

もしかしたら、詳《くわ》しく聞いた方がいいかもしれない。

そう悩んでいると、「何してるんですか！」というアリシアの大声が聞こえ、オフィーリアの思考が中断される。

どうやら、フリージアの花の植え替えを阻止《そし》しに来たようだ。しかもその後ろには、フェリクスもいた。

二人とも職員室にいたので、急いで出て行ったオフィーリアの様子を見に来たのだろう。

「ちょっとオフィーリア様！　私の大切な赤色のフリージアを、勝手に引っこ抜こうとしないでください！」

「人聞きの悪いことを言わないでくださいませ。ただ別の場所に移すだけです」

オフィーリアとアリシアの間に、バチバチと火花が飛ぶ。

「ヒロインである私にこそ、譲《ゆず》るべきじゃないですか。フリージアの巫女の印が消えた今、私には本命のフェリクス様しかいないんですから！」

「な……っ！」

ここで引いたら、惨《みじ》めに生きるしかなくなってしまうのだとアリシアが声をあげた。だから、どうにかして花壇の花を赤のフリージアにしたのだと声を荒らげた。

「この花壇に相応《ふさわ》しいのは、フェリクス様のイメージカラーである赤です！」

「黒のフリージアが一番よ！」

「赤こそ至高よ！」

「「むむむ……！」」

このままでは、永遠に決着がつきそうもない。

オフィーリアとアリシアがもう一度口を開こうとして──そのまま口を噤《つぐ》んだ。なぜなら、ずっと様子を見ていたフェリクスが口を開いたからだ。

「ねえ、オフィ。そんなに赤のフリージアよりも、黒がいい？」

「え……っ」

いつもよりワントーン低いフェリクスの声に、オフィーリアとアリシアの二人が目を見開く。

だってフェリクスはいつも優しい笑みを浮かべていて、そんな声を出す人ではなかったから。

黙《だま》ってしまったオフィーリアを見て、フェリクスは怖《こわ》がらせてしまっただろうか……と、苦笑する。

せっかく久しぶりにオフィーリアとゆっくりできると思っていたのに、会うのはアリシアばかり。

それに、イオとてとても親密そうで……どうにも、気持ちが落ち着かない。


——オフィは、私の婚約者だというのに。


ずっと自分だけを見ろというつもりは毛頭ないけれど、さすがに面白《おもしろ》くない。

アリシアに二人の時間を取られたくないのに。

そしてもう一つ。

別にオフィーリアが黒のフリージアを大切にするのは問題ない。美しいし、花を愛《め》でている彼女は可愛らしいから。

けれど、フェリクスの瞳と同じ赤のフリージアをそこまで嫌《きら》わなくていいのでは……と、思ってしまうのだ。

いや、別に嫌っているわけではないのだろう。ただ、あまりに黒色を優先するので、ちよっぴり切なくなってしまっただけだ。

どうにも、あなたはいらないと思われているようで哀《かな》しくなったのだ。

フェリクスはあっけに取られているオフィーリアの隣《となり》へ行って、花壇から赤のフリージアを摘《つ》んでいく。

フェリクスが着ている白の制服に、赤のフリージアがとてもよく映《は》える。まるで一幅の絵画を見ているようで、目を奪われる。

すべてのフリージアを摘み終わると、フェリクスが両手で抱《かか》えるほどの量になった。

「オフィ」

「は、はい……」

「私の色の、赤のフリージアだ。これをあげるから、今は黒のフリージアじゃなくて……私のことを見てくれないか？」

赤のフリージアを抱えるフェリクスを見て、オフィーリアはひゅっと息を呑《の》む。

（これ、イベントスチルで見た……）

「返事はくれないの？　オフィ」

「あ……っ、その、本当に……？」

「本当じゃなかったら、なんだっていうの。私は、オフィのことが大好きなのに」

微笑むフェリクスに、オフィーリアはゆっくり近づいて花束に手をのばす。受け取り、ぎゅっと抱きしめると……甘《あま》く優しい香《かお》りがした。

「わたくしも、フェリクス様のことが大好きです。どうか、これからも……末永く、よろしくお願いします」

「ああもう――卒業までこんなに可愛いオフィを妃《きさき》にできないなんて」

どうにかなってしまいそうだ。

フェリクスはそう言って、オフィーリアの額に優しいキスをした。

自分の色の花束をプレゼントして告白する――というのは、乙女《おとめ》ゲームの告白イベントだった。

フェリクスにその意図はなかっただろうけれど、結果として告白イベントをしたということになる。

つまり、完全にオフィーリアの勝利だ。

「ねえオフィ、このままキスをしてもいい……？」

フェリクスの言葉に心臓が跳《は》ねて動揺《どうよう》するも、さすがに首を振る。

「み、みんながいるので……今は駄目です」

「なら、二人きりだったらいい……？」

「――っ!!」

思いがけない返しに、オフィーリアは言葉が出なくなる。確かに二人きりで迫《せま》られたら、なんでも許してしまうだろう。

でも、だからといって……ストレートに問いかけられたら恥《は》ずかしいわけで。

真《ま》っ赤《か》になってしまったオフィーリアを見て、「少し急ぎすぎたかなと」とフェリクスは笑う。

二人がもっと甘くなるのには、まだ少し時間がかかりそうだ。

エピローグ　フリージアの巫女

フェリクスからのプロポーズを受け、オフィーリアは夢心地《ゆめごこち》で寮《りょう》の自室へと戻《もど》った。

「おかえりなさい、オフィーリア様」

「ただいま、カリン」

赤色のフリージアの花束を持っているからか、カリンの視線が痛いくらいに突《つ》き刺《さ》さってくる。

「……これは、その」

「フェリクス様からですよね？」

ズバリ言い当てられてしまい、オフィーリアは照れながら頷《うなず》く。大事に抱《かか》えて持っているだけで、大切な人からの贈《おく》り物《もの》だということはすぐにわかる。

「この花は、わたくしの寝室《しんしつ》に飾《かざ》るわね」

「かしこまりました。それでは、その間に紅茶をご用意いたしますね」

「ありがとう」

オフィーリアは寝室へ行くと、花瓶《かびん》に赤色のフリージアを活《い》ける。

「綺麗《きれい》……」

フリージアを見ると、一瞬《いっしゅん》で先ほどのフェリクスの顔が脳裏《のうり》に蘇《よみがえ》る。自分のことを好きだと言って、抱《だ》きしめて、キスをねだられて――……。

「ああ駄目《だめ》、恥《は》ずかしいっ!!」

もしあの場にアリシアたちがいなかったら、キスをしていただろうか。自分の唇《くちびる》に触《ふ》れて、オフィーリアはフェリクスを思い出す。

「……フェリクス様。好き、大好きです」

やっぱりあのままキスをしてほしかった。そんなことを、思ってしまう。

「わたくし……はしたないかしら」

ドッドッドッと激しく脈打つ心臓は一向に収まる様子がないし、いくらでもドキドキできてしまいそうだ。

何度でも、フェリクスの名前を呼びたい。

「……はあ」

オフィーリアはベッドにつっぷして、目を閉じる。

「幸せ……あ」

そう口に出して初めて、オフィーリアは自分が幸せであるということに気づいた。

「わたくし、幸せなのね」

この乙女《おとめ》ゲーム世界に転生し、悪役令嬢《れいじょう》オフィーリアとして第二の生を授《さず》かった。その当初の目的は、幸せになって平和に過ごすこと……だった。

無我夢中《むがむちゅう》で気づかなかったけれど、やればできるものだと頬《ほお》が緩《ゆる》む。もちろん、運営からのメールを思い出したことも大きいだろう。

「すっきりしたら、なんだかお腹《なか》が空いちゃった。着替《きか》えてご飯にしようかしら」

すると、ノックの音と「紅茶のご用意ができましたよ」というカリンの声。

「ありがとう、カリン」

「いえいえ。それから、フェリクス様からお手紙ですよ」

「フェリクス様から？」

まだ着替《きが》えの途中《とちゅう》なので、オフィーリアは顔だけ出して手紙を受け取る。

すぐに封《ふう》を開けると、スケジュールが落ち着いたからと食事をする日程の相談が書かれていた。

『もしよければ、明後日《あさって》……王城の私の私室はどうだろう？』

「明後日……というか、フェリクス様の私室!?」

婚約《こんやく》して何年も経《た》つが、オフィーリアが王城へ足を運んだのは片手で数える程度だし、フェリクスの私室には入ったこともない。

しかも昨日で一学期は終わり、明日から学園は夏休みになる。

「もしかして……」

今度こそ、本当にキスができるかもしれない。

そう考えると、今までにないくらいオフィーリアの胸は高鳴った。


「余熱で火を通している間に、こっちのスープを……あっ、いけない先に野菜を用意しておかなきゃいけないんだったわ」

「野菜でしたら、すでにカットしてあります」

王城の豪華《ごうか》な厨房《ちゆうぼう》で、オフィーリアは慌《あわ》てふためきながらディナーの準備を進めていた。

「ありがとうございます」

そんなオフィーリアをサポートしてくれるのは、いつもフェリクスのお弁当作りを手伝っていた王城の料理長だ。

笑顔《えがお》の優《やさ》しい男性で、オフィーリアが指示を出さずとも察して動いてくれる優秀《ゆうしゆう》さ。

「きっとフェリクス様もお喜びになるでしょうね」

「……ありがとう。そうだったら嬉《うれ》しいわ」

作り終えた料理を綺麗に盛り付けて、オフィーリアはフェリクスの私室へと向かった。


フェリクスの私室は、落ち着いた色合いで揃《そろ》えられていた。

職人が丹精込《たんせいこ》めて仕上げたテーブルと椅子《いす》。奥《おく》にはくつろぐためのソファも用意されており、バルコニーからは鮮《あざ》やかな庭園を見渡《みわた》すことができる。


初めて入るフェリクスの私室に、オフィーリアは緊張《きんちょう》していた。

来るまではキスをしてしまうかも……なんてドキドキしながら考えていたが、どうしようもなく恥ずかしい。

思い出すのは、もちろんこの間の未遂《みすい》のキスのこと。

(また、あんな風に迫《せま》られちゃうのかしら)

考えただけで、心臓がものすごい音を立てる。

「オフィ、立ってないでこっちにおいで」

「あ……はい」

フェリクスにエスコートされて、椅子へ座《すわ》る。

テーブルには、すでに給仕《きゅうじ》によってオフィーリアの手料理が並べられていた。

「すごい、本格的だね」

「いえ……あの、かなり料理長に手伝っていただいたんです」

だからこれは自分の実力とはかなりかけ離《はな》れていると、オフィーリアは正直に告げる。

すると、フェリクスは微笑《ほほえ》む。

「でも、オフィの料理に変わりはないよ。今日をすごく楽しみにしていたんだ」

テーブルに並んだ料理は、彩《いろど》り豊かなサラダと、かぼちゃの冷製スープ、メインのローストビーフと、数種類のパン。

それからデザートのレモンゼリー。

「どれも美味《おい》しそうだ。オフィ、食べてもいい？」

「……どうぞ」

「うん。いただきます」

フェリクスがサラダを食べると、すぐに「美味しい！」と笑顔を作った。

「このドレッシングは？　初めて食べる味かも」

「それは、ニンジンがベースのドレッシングです。わたくしが好きなものなので、気に入ってもらえて嬉しいです」

好《す》き嫌《きら》いのないフェリクスだから心配はしていなかったが、口に合ったようでオフィーリアはほっとする。

「ローストビーフも食べてみてくださいませ。とてもいい感じに焼けたんです」

「……ん、絶品だ」

続いてローストビーフに舌鼓《したつづみ》を打ち、フェリクスはオフィーリアにも食べるように言う。

「一緒《いっしょ》に食べよう？」

「はい。……ん、美味しいです」

味見はしていたが、上手《うま》くできているのに安堵《あんど》する。

練習を手伝ってくれたカリンと、今日の調理を手伝ってくれた料理長へ、オフィーリアは心の中で礼を述べた。


料理を堪能《たんのう》したあと、オフィーリアとフェリクスはソファーへ場所を移した。

寄《よ》り添《そ》うように二人で座っているため、先ほどから心臓の高鳴りがどんどん加速していっている。

（どうしよう、心臓の音が聞こえちゃうかも……）

それほどまでに、ドキドキしている。

「あ、そういえば……アリシア様はどうしているんでしょう？」

「その……最近、学園に登校していないようでしたので……」

「アリシア嬢《じょう》？」

何か話題を！　と思い咄嗟《とっさ》に口にしてしまったが、この雰囲気《ふんいき》の中でする話じゃなかったとオフィーリアは後悔《こうかい》する。

けれど、フェリクスは気にした様子もなく答えてくれた。

「アリシア嬢は、学園を退学したよ。謹慎《きんしん》処分と一緒に、特待生でもなくなったからね。二学期以降の学費を払《はら》えるあてがなかったんだろう」

「あ……そう、ですよね……」

謹慎処分される生徒を特待生にするほど、この学園は甘《あま》くない。

学費も決して安いわけではないので、庶民《しょみん》が入学するにはなかなかハードルが高いのだ。

「教えていただきありがとうございます」

「オフィの憂《うれ》いがなくなるなら、いくらでも聞いていいよ」

そう言って、フェリクスがぐっと距離《きょり》を詰《つ》めてきた。

フェリクスはオフィの前髪《まえがみ》をそっとかき上げて、あらわになった額に優しくキスをする。

「――！」

「やっと、触れられた」

「ほかには？　オフィが望むなら、アリシア嬢にもっと重い処罰《しょばつ》を下そうか？」

低いフェリクスの声が、甘い誘惑《ゆうわく》を口にする。威厳《いげん》があり、ああ、この人は確かに王族なのだと思わせられる。

オフィーリアは首を振《ふ》って、「いりません」と微笑む。

「アリシア様には、すでに謹慎という罰《ばつ》を受けていただいています。……それに、学園も退学することになりましたから」

だからこれ以上は、必要ない。

そう言うと、フェリクスは頷いた。

「わかった。優しいね、オフィ」

「そんな、わたくしなんて。ただ……この国とフェリクス様に恥じないような、そんな王《おう》妃《ひ》になりたいとは思っています」

「……オフィ」

その言葉を聞いたフェリクスに、オフィーリアはぎゅっと抱きしめられてしまった。心臓が一気に勢いを増し、顔が赤くなる。

「ふぇ、ふぇりくすさま!?」

「いきなりごめんね。でも、オフィの言葉が嬉しくて。……しかも、私の部屋にいるのを考えたら……ね？」

「あ……っ」

（そうだ、今は……フェリクス様の部屋に、二人きり）

「オフィ」

フェリクスの両手が頬を包《つつ》み込《こ》んできて、近づいてくる。言われなくても、これからどうなるかなんてわかってしまって。

「フェリクス様……」

（どうしようもなく、恥ずかしい……）

――けれど、キスをしたいのはオフィーリアだって同じだ。ぎゅっとフェリクスの服の裾《すそ》を摑《つか》んで、目を閉じる。

「ずっと我慢《がまん》していたから……止まらなくなりそうだ」

「……っぁ、ん」

フェリクスの言葉と同時に、唇に柔《やわ》らかい感触《かんしょく》を感じる。宝物に触れるような、優しい口づけ。

やっと触れられるというかのように、ちゅ、ちゅっと何度も唇が重なる。宣言した通り、一度だけではすまないようだ。

「オフィの唇、柔らかくて気持ちいいね」

「――っ！」

満足そうに微笑んで、フェリクスがもう一度キスをしてくる。上唇《うわくちびる》をはさむように食

べられて、ぺろりと舐《な》められてしまう。

「……っあ、」

「ん」

オフィーリアが思わず声をあげると、その隙間《すきま》からフェリクスの舌がそっと侵入《しんにゅう》してきて……絡《から》めとられてしまった。

「ん、ん……っ」

初めての深いキスに、オフィーリアは上手く呼吸ができず、フェリクスの服の裾をぐいぐいと引っ張る。

――もう無理、と。

「ふぁ……はっ、はぁっ」

「可愛《かわい》いな、オフィは。そういうときは、鼻で息をすればいい」

「そ、そんな簡単に言わないでくださいませ……っ」

二人切りで部屋にいるだけでも緊張して仕方がないのに、これ以上続けられたら間違《まちが》いなくオフィーリアの心臓は持たないだろう。

ゆでだこ状態のオフィーリアを見て、フェリクスはくすくす笑う。

「そんな反応をされたら、もっとしたくなる」

「……っ!?」

「言っただろう？　私はずっと自制していた……って」

とはいえ、これ以上進めたら本当にオフィーリアが恥ずかしさで倒《たお》れてしまうかもしれない。

続きがまた今度というのは残念だが、それはそれで楽しみというものだ。

「オフィ、愛している」

「はい……わたくしも、愛しています」

二人で愛を伝えあって微笑んで、寄り添いあう。

他愛《たわい》のない雑談するような、そんな幸せな日々がこれからは続いていくのだろう。

だから二人は、先ほど初めてキスをした瞬間《しゅんかん》――オフィーリアの胸元《むなもと》に『フリージアの巫女《みこ》の印』が浮《う》かんだことに……気づかなかった。

あとがき

こんにちは、ぷにです。『悪役令嬢《れいじょう》ルートがないなんて、誰《だれ》が言ったの？』をお手に取っていただき、ありがとうございます。

今回のシリーズは、いつもと雰囲気《ふんいき》の違《ちが》う悪役令嬢です。なので、ちょっとそわそわしておりますが……楽しんでいただけましたら嬉《うれ》しいです！

あとがきを書いている今は梅雨《つゆ》の時期です。

毎日のような雨とじめじめで、どうにもテンションが下がってしまう……とみせかけて、妹から大好きなお店のマカロンをたくさんもらってハッピーです（笑）。

とはいえ雨なので、いつもより引きこもり度が上がってしまいますね。

可哀相《かわいそう》な悪役令嬢をどうにか幸せにしたい！　という思いで書き進めてきました。

悪役キャラのエピソードは書かれないことも多いですが、実は切ない理由があったりしますよね。そして読みながら泣きます……。

そんな裏側で共感しつつ、オフィーリアを好きになっていただけたら嬉しいです。

その分、本来なら正義側のヒロインのアリシアが悪役ポジションになっています。彼女《かのじょ》の行動理由については、ぜひ本編でどうぞ。

悪役令嬢ルートは、私の作品にしては登場人物が多いのでは……と思いながら書いております。フェリクスを含《ふく》めた攻略《こうりやく》対象者たちだけで、もう四人。

それぞれのエピソードをもっと掘《ほ》り下《さ》げられたらいいと思うのですが、なかなかバランスの調整が難しいですね。

こう、全員に平等な出番を……！　と考えると、使えるページ数が限られてしまって。

しかしフェリクスはちょっと多め……と思うと、ううむ、難しいです。

キャラの魅力《みりよく》をもっともっと伝えられるように、これからも頑張《がんば》っていきたいです。

上手《じようず》にぎゅっと凝縮《ぎようしゆく》できたらいいなぁ。

そして嬉しいことに、コミカライズ企画が進行中です。

詳細は決まり次第追ってお知らせしていきますので、楽しみにしていただけたら嬉しいです。私も待ち遠しくて、そわそわしております。

最後に、皆《みな》さまに謝辞を。

担当してくださった編集のY様。こっそり数えてみたら、担当していただいている進行中作品（コミカライズのみを含）が五シリーズほどになっていました。その多さにびっくりしつつ、どの作品も丁寧《ていねい》に相談に乗っていただき、本当に感謝しっぱなしです。ありがとうございます！

イラストを担当してくださったLaruha先生。オフィーリアのキャラデザを見た瞬間《しゅんかん》のときめきといったら……！　どのキャラも素敵《すてき》に仕上げていただき、とても嬉しいです。表紙のフェリクスはオフィーリアへの独占欲《どくせんよく》のようなものが見えて、ドキドキしてしまいました。ありがとうございます！

本書の制作に関わってくださった方、お読みいただいた読者の方、すべての方に感謝を。出来上がりがとても楽しみです。

それではまた、皆さまにお会い出来ることを願って。

ぷにちゃん

■ご意見、ご感想をお寄せください。
《ファンレターの宛先》
〒102-8177 東京都千代田区富士見 2-13-3
株式会社KADOKAWA ビーズログ文庫編集部
ぷにちゃん 先生・Laruha 先生
●お問い合わせ
https://www.kadokawa.co.jp/（「お問い合わせ」へお進みください）
※内容によっては、お答えできない場合があります。
※サポートは日本国内のみとさせていただきます。
※Japanese text only

ビーズログ文庫

悪《あく》役《やく》令《れい》嬢《じょう》ルートがないなんて、誰《だれ》が言《い》ったの？

ぷにちゃん

2020年8月15日 初版発行
2021年4月15日　3版発行

発行者　青柳昌行
発行　株式会社 KADOKAWA
〒102-8177 東京都千代田区富士見 2-13-3
（ナビダイヤル）0570-002-301
デザイン　島田絵里子
印刷所　凸版印刷株式会社
製本所　凸版印刷株式会社

ISBN978-4-04-736209-3 C0193

定価はカバーに表示してあります。
◇◇◇

ビーズログ文庫
魔王と勇者に溺愛されて、お手上げです!
オレ様魔王とヤンデレ勇者の二重愛に困ってます!?
①～②巻
好評発売中!
ぷにちゃん
イラスト/SUZ
異世界に転生し、尊敬するオレ様魔王の秘書官として働くクレア。しかし突然人間界に住む勇者に召喚されて、聖女認定されてしまう！「打倒魔王」を謳う勇者は、クレアが魔族だと知りながらも溺愛が止まらなくて？

は最強の加護を持つ
悪役令嬢、
楽しい村作り
はじめます♪
B's-LOG
COMICにて
コミカライズ
連載中!!!